우리의 비밀은 그곳에

우리의 비밀은 그곳에

범유진·최유안·길상효

2000년 7월

"이 집에 있는 동안 뭐든 마음대로 해. 딱 하나만 빼고."

"그게 뭔데요?"

"건너편 집에는 들어가면 안 된다."

해진은 알았어요, 라고 대답하고 2층 방으로 올라왔다. 침대에 누워 눈을 감고 중얼거렸다. 괜찮아. 괜찮아질 거야. 그렇게 주문을 외워서 진짜 괜찮아진 것처럼 머리를 속이는 거라고,

그렇게 가르쳐 준 사람은 대성이었다. 김대성. "너도 휴대폰 없어?"라고 말을 걸어오던 대성의 목소리가 떠올랐다.

정말이지 눈앞에 벌어진 모든 것이 허공에 띄워진 얘기처럼 멀게 느껴졌다. 에피아도, 노인도, 오늘 일어난 일들도, 모든 게. 어느 먼 우주, 혹은 한 번도 가 본 적 없는 오지의 이야기처럼.

그러니까 기이한 일들이 하연에게 생겨난 게 아니라, 오히려 하연이 기묘한 공간에 숨어든 것 같은 느낌.

그렇게 하연의 일상이 뭔가 정상적이지 않은 방식으로 돌아가는 느낌이었다.

2039년 8월

계단 앞에 다다른 우리는 각자 폰의 조명을 켜고 조심조심 발을 내디뎠다. 마지막 계단을 내려선 뒤 주머니에서 열쇠를 꺼냈다.

탁. 벽을 두어 번 더듬던 지오가 스위치를 눌러 전등을 켰다. 불빛 아래로 크고 작은 짐과 크고 작은 그림자가 들어찬 지하실 공간이 드러났다. 특별히 놀랍게 생긴 공간도 아니고 특별히 놀라운 물건이 쌓인 것도 아니었지만, 놀라웠다. 이 집에 이런 공간이 있다는 사실이. 한 번도 와 볼 생각을 하지 않았던 내가.

차례

1부

2000년 7월

선생님에게.

안녕하세요, 선생님. 선생님은 내가 누구인지 모르겠지만, 난 선생님을 알아요. 아랑이 내게 새 담임에 대해 말해 주었거든 요. 선생님이 이 마을 사람이 아니라는 거, 담임은 처음 맡는다 는 거, 그래서 반 아이들과 사이좋게 지내고 싶다고 한 거, 힘든 일이 있으면 뭐든 상담하라고 한 것까지도요.

선생님은 이 마을 사람이 아니니까, 이곳을 잘 모를 겁니 다. 나도 많이는 몰라요. 나도 이 마을에 온 지 얼마 안 되었거든 요. 하지만 선생님보다는 먼저 왔으니까, 내가 아는 걸 가르쳐 드릴게요.

이 마을 사람들은 다들 사이가 좋습니다. 아랑이 해 준 이야기로는 그렇습니다. 아랑의 할아버지는 옛날이야기를 많이 해 주었는데, 그중에서도 전쟁 때 이야기를 제일 많이 들려주었답니다. 전쟁 때, 이 마을 사람들은 모두 힘을 합쳐서 굴을 팠다고 해요. 자기 집 아래에도 작은 굴을 파고, 작은 굴과 굴을 연결하고, 그러다 아주 큰 굴까지 팠대요. 적이 쳐들어오면 마을 사람들이 함께 숨을 수 있을 만큼 큰 굴을. 누구 한 사람 자기만 살겠다고 도망치거나 하지 않고 다들 열심히 굴을 팠다고 해요. 마을은 공동 운명체니까. 모두가 소중하니까. 그러니 마을 사람들을 믿어야 한다고, 아랑의 할아버지는 그렇게 말하고 또 말했대요.

진짜일까요? 진짜 이 마을에 그렇게 큰 굴이 있을까요? 내가 있는 곳은 너무 좁아요. 그렇게 큰 굴이 있으면, 내가 그곳에 갈 수도 있을까요? 땅과 땅, 이어져 있는 어디엔가 있지 않을까요? 아빠는 내게 올 때마다 비밀의 문을 열고 옵니다. 그런 비밀의 문이 땅 아래 어디에 있으면 좋겠습니다.

그런 상상을 하노라면 굴 이야기도 나쁘지 않지만, 나는 훨씬 오래전인 조선 시대 때 이야기를 더 좋아합니다. 이 마을은 바른말을 해서 미움받은 선비들이 귀양을 오는 곳이었다고 해요, 선생님. 선생님은 우리 집에 와 본 적이 없죠. 하지만 쉽게 찾을 수 있을 거예요. 구조가 특이하거든요. 우리 집은 마당 한곳에 집 두 채가 서로 마주 보고 서 있습니다. 보통은 옆으로 나란히 짓잖아요. 그러지 않으면 창 너머가 서로 너무 빤히 보이니까. 우리 집 구조가 이런 게, 건축가가 예전에 귀양 온 사람을 감시하려고 집 두 채를 마주 보게 지었던 거에서 영감을 받아 그렇대요. 진짜인지 아닌지는 몰라요. 이것도 아랑의 할아버지가 한 이야기일 뿐이니까.

귀양 온 사람들은 마음대로 밖에 나가지도 못하고 매일 갇혀 있었대요. 좋아하는 사람과 만나지도 못하고. 그 사람들은 밤마다 마음으로 울었어요. 그렇게 흘린 눈물이 호수를 넘치게 만들었지요. 너무 많이 울어서 여름에는 호수가 넘쳐 홍수가 났대요. 그래서 사람들은 힘을 모아 저수지를 만들었어요. 넘치는 물을 가두어 두려고요. 지금은 커다란 댐이 들어섰지만요.

선생님, 호수에 가 보았나요? 안 가 봤으면 꼭 가 보세요. 정말 예쁘거든요. 나는 딱 한 번, 이 마을로 오던 날 그곳에 갔습니다. 호수 앞에 서 있으니 바람이 피부를 스치고 달아났어요. 바람의 끄트머리를 붙잡아 그 위에 올라타면, 어디로든 갈 수 있지 않을까요. 그 호수에서 밟았던 흙이, 그곳에서 느꼈던 바람이, 내가 마지막으로 기억하는 바깥의 촉감입니다.

호수가 넘치도록 울었던 사람들도 그 바람을 느꼈을지 모릅니다. 그래서일까요. 나는 그들이 친구처럼 느껴져요.

01

빠르게 스쳐 지나가는 창밖 풍경은 단조롭다. 키 큰 나무들과 멀리 보이는 산과 하늘. 초록과 파랑이 전부인 세상이다. 예쁘다고 생각한 것도 잠깐일 뿐, 곧 지겨워졌음에도 창밖에서 눈을 떼지 않은 건 어색해서였다.

"저 터널만 지나면 금방이다. 마을 근처에 호수도 있단다. 거기에 댐이 들어설 때 마찰이 좀 있긴 했다만, 그래도 조용하고 좋은 곳이야."

삼촌은 어색하지 않은 걸까. 해진은 운전석에 앉은 삼촌의 뒷모습을 봤다. 삼촌이라곤 해도 아주 어릴 때 딱 한 번 만났을 뿐이다. 해진이 삼촌에 관해 알고 있는 사실은 변호사라는 것, 10여 년 전에 외국으로 떠났다가 2년여 전에 한국에 돌아왔다는 것 그리고 뒤통수와 목소리가 아버지와 똑같다는 것뿐이었다.

…… 아빠와 엄마 둘 다 학회 때문에 중국에 가야 해. 같이 가지 않겠다니 어쩔 수 없지. 너 혼자 집에 있을 수는 없으니, 잠깐 삼촌 집에 가 있어라. 마침 여름 방학이니 잘됐다. 거기서 푹 쉬면서 마음 다잡고 오너라. 다음 학기부터 한심하게 구는 건 그만둬. 널 괴롭히던 애들한테 사과도 받았고, 징계까지 마쳤어. 그건 이미 끝난 일이야.

끝난 일일까. 끝났다면 누구 안에서 끝난 것일까. 해진은 MP3의 볼륨을 높였다. 신경 쓰지 마요, 그렇고 그런 얘기들……. 자꾸만 되살아나는 아버지의 목소리를 자우림의 노래가 완전히 덮어 버리기를 바라며 볼륨을 최대로 올렸다. 차가 터널 안으로 들어가면서 창밖의 색이 까맣게 물들었다. 짧은 터널을 빠져나오자 창밖의 색과 풍경이 단숨에 바뀌었다. 때가 탄 간판을 이고 지고 있는 무채색의 상가들과 횡단보도, 공사가 진행 중인 공터와 오고 가는 포클레인들. 서울 어디에서나 쉽게 마주칠 수 있는 풍경이 그곳에도 있었다.

차는 두 번 신호를 받았고, 4차선이던 도로는 점점 좁아졌다. 상가도 공터도 멀어져 갔다. 도로가 1차선으로 바뀌고 낮은 돌담이 이어진 마을 어귀가 나타났다. 해진은 길옆으로 드문드문 자리한 집들의 담벼락이 차 뒤로 밀려 사라지는 모습을 보았다. 차는 붉은 덩굴장미가 가득한 담장을 지나 경사진 골목을 구불구불 타고 올랐다. 골목의 끝, 주변 집들과 비교해 새로 지은 티가 나는 단독 주택이 나타났다. 콘크리트 담벼락과 철문이 달린 그 집을 본 순간, 해진은 영화에서 봤던 감옥을 떠올렸다.

'푹 쉬고 오라니, 그럴 수 있을 리가 없잖아. 집이나 여기나 뭐가 다르다고.'

해진은 차에서 내릴 때까지도 MP3의 볼륨을 줄이지 않았다. 삼촌이 트렁크에서 해진의 캐리어를 꺼내 주었고, 해진은 캐리어를 끌고 삼촌을 따라 차고를 나왔다.

'특이한 구조네.'

집에 대한 해진의 첫인상이었다.

삼촌의 집은 가로 폭이 긴 직사각형 마당을 가운데에 두고 있었다. 기다란 한쪽 변에 2층 단독 주택과 차고가, 그 반대편 변에 또 한 채의 집이 쌍둥이처럼 마주 보고 서 있었다.

"이쪽이란다."

삼촌은 차고 바로 옆에 붙은 집 쪽으로 향했다. 해진은 MP3의 볼륨을 낮추고 반대편 집을 가리키며 물었다.

"저 집은요?"

"저 집은 안 쓰는 집이야. 예전에 이 집 주인이 건축가였다더라. 집 구조가 좀 특이한 이유가 그것 때문인가 싶고. 한국에 들어오기 전에 일이 바빠서 부동산에 전적으로 맡겨 놓고 직접 보러 오거나 하지를 못했거든. 그래서 나도 한국 와서야 이런 구조라는 걸 알았단다. 이쪽 집 리모델링하기에도 시간이 빠듯해서 그냥 놔뒀지. 여기서 몇 년이나 지낼지 확실하지도 않고."

"다시 외국으로 나갈 수도 있어서요?"

"아니. 이제 외국엔 안 나가. 지금 근처에 있는 공단 자문 변호사로 일하거든. 몇 년 후면 본사로 올라갈 수도 있어서."

해진은 현관문을 열었다. 신발을 벗고 한 발, 집 안으로 들어서자 발바닥에 딱딱하고 차가운 감촉이 느껴졌다. 해진의 집 현관에는 카펫이 깔려 있어서 신발을 벗고 집 안에 들어서면 폭신한 감촉이 가장 먼저 느껴지곤 했다. 집과는 다른 감촉이 발바닥에 닿자 이제부터 낯선 집에서 지낸다는 것이 실감이 났다.

"2층 손님방을 청소해 놨다. 대충 정리하고 여섯 시 되면 내려오렴. 좀 이르긴 해도 저녁 먹으러 가자. 마을에 있는 백반집이 꽤 괜찮아. 해진이 네가 있는 동안은 냉장고도 좀 채워 놔야 하니, 장도 봐 와야겠다."

해진은 캐리어를 들고 계단을 올랐다. 삼촌은 아버지와 목소리가 똑같지만, 말투는 좀 더 높고 경쾌하다. 대화도 좀 더 잘 받아 준다. 그래서인지 아버지를 마주할 때보단 마음이 편했다. 어쩌면 이 집에서 보내는 여름 방학은 생각보다 괜찮지 않을까.

해진은 계단 오른쪽에 있는 방으로 들어갔다. 창에 드리워진 두꺼운 커튼 때문인지, 여름의 긴 해가 채 저물지 않았는데도 방은 어둑했다. 해진은 캐리어를 창가에 놓고 커튼을 열었다. 방이 단숨에 밝아졌다.

"환기도 좀 해야겠다. 뭐야. 이거 꼼짝도 안 하잖아."

해진은 혼잣말을 중얼거리며 창을 옆으로 밀려고 애썼다. 하지만 창문은 못으로 박아 놓기라도 한 듯 꼼짝도 하지 않았다. 결국 해진은 창틀에서 손을 떼고 유리 너머로 바깥을 바라보았다. 해진의 눈에 가장 먼저 들어온 것은 커튼이었다. 마주 보고 선 집의 2층 방 창문에도 두꺼운 커튼이 드리워져 있었다.

'밖에서 볼 때도 가깝겠다 싶었는데, 진짜 가깝네.'

커튼으로 가려진 방에 누가 있다면 충분히 알아볼 수 있을 만한 거리였다.

'저 집에는 정말 아무도 안 사나?'

해진은 창가에 선 채 맞은편 집 2층 창문을 바라보았다. 그러나 커튼 자락은 조금도 움직이지 않았고 해진의 흥미도 사그라졌다.

해진은 창문을 닫고 책상 앞에 앉아 컴퓨터를 켰다. 인터넷이 연결되어 있었다. 해진의 눈동자가 반짝 빛났다. 인터넷을 마음껏 할 수 있다면 이 좁은 방이 곧 천국이었다. 집의 컴퓨터는 사용 시간이 지나면 인터넷이 자동으로 끊기게끔 설정되어 있었다. 공부에 방해된다며 휴대폰도 사 주지 않은 부모님이었다.

휴대폰. 까맣고 반들반들한, 작디작은 기계.

첫 시작은 휴대폰이었다. "너도 휴대폰 없어?"라는 한마디로 시작되었던 동질감. 해진은 가끔 궁금했다. 휴대폰이 있었다면, 그랬다면 뭐가 달라졌을까. 그렇게 머릿속에 떠오른 물음표는 쉽사리 느낌표로 바뀌지 않고 계속 해진을 괴롭혔다.

또다시 떠오르는 물음표를 몰아내려는 듯, 해진은 인터넷의 세계에 빠져들었다. 익살스러운 플래시 애니메이션이 해진의 머릿속에 들어찬 갖가지 생각을 깔끔하게 잘라 냈다. 해진은 낄낄 웃으며 다음 편, 또 다음 편을 클릭했다.

"해진아, 내려와라."

방 너머에서 들려온 목소리에 흠칫, 마우스를 클릭하던 해진의 손가락이 굳었다. 저 목소리의 주인이 아버지가 아니라 삼촌이라는 사실은 한참 뒤에야 떠올랐다. 해진은 컴퓨터를 끄고자리에서 일어났다. 방을 나가 1층으로 내려가니, 삼촌은 편한 운동복 차림으로 서 있었다.

"잠깐 잠들었던 모양이네. 피곤하지? 세수라도 하고 오렴."

아버지였다면 꾸물거리지 말라고 책망 섞인 말을 던졌을 것이다. 그러나 삼촌의 말투는 여전히, 그저 경쾌할 뿐이었다.

해진은 안도감을 느끼며 화장실로 향했다. 물을 틀고 손을 씻었다. 손을 수건에 닦던 해진은 킁, 냄새를 맡았다. 걸려 있던 수건의 냄새를 확인하고, 손등에 코를 대고 냄새를 맡았다가 다시 개수대의 물을 틀었다.

'물에서 이상한 냄새가 나는 것 같아.'

해진은 수도꼭지를 꽉 잠갔다.

*

"변호사님, 어디서 이렇게 다 큰 아들을 데려오셨어요?"

넉살과 웃음이 반찬 그릇과 함께 상 위에 놓였다. 벽에 빨간 글씨로 쓰인 메뉴, 자칫 뒤에 놓인 탁자에 앉은 사람과 등이 닿겠다 싶을 만큼 비좁은 거리, 밥집인 듯 술집인 듯 알 수 없게 떠들썩한 분위기와 식당 주인이 허물없이 건네는 농담까지, 식당의 모든 것이 해진은 낯설었다. 낯섦은 곧 불편함이었다. 해진은 등을 움츠린 채 앞에 놓인 젓가락만 만지작거렸다.

"아들은 무슨. 조카예요. 한 열흘쯤 저랑 같이 지낼 겁니다. 혼자 밥 먹으러 오면 잘 좀 챙겨 주세요. 평일엔 저도 회사에 가야 하니까 신경 써 주지 못할 것 같아서요."

"우리 변호사님 조카면 이 마을 사람들 조카나 다름없죠.

걱정 마세요. 학생, 많이 먹어. 삐삐 말랐네. 요즘 학생들은 너무 말라서 보면 안쓰러워."

식당 주인은 해진의 등을 두드렸고 해진은 한층 더 움츠러들었다. 시뻘건 고추장찌개는 너무 매웠고, 고등어구이는 비렸다. 밥이 가슴께에 걸린 듯, 먹으면 먹을수록 속이 불편해졌다.

"삼촌, 저 화장실 다녀올게요."

해진은 자리에서 일어나 식당 밖으로 나왔다. 화장실이 어디 있는지는 상관없었다. 그저 낯설고 시끄러운 식당에서 벗어나고 싶었다. 해진은 식당을 나와 기지개를 켜며 바깥 공기를 들이마셨다. 순간 매캐한 담배 연기가 코 안으로 훅 밀려 들어왔다.

"저 변호사 양반은 무슨 낯짝으로 뻔뻔하게 돌아다니나 몰라."

"그러게. 저 인간 때문에 보상금도 못 받고. 물에서 이렇게 냄새가 나는데 아무 이상이 없다는 게 말이 돼? 그러잖아도 우리 마을만 개발 제한 보호 구역에 포함돼서 속에서 열불이 나는데."

"내 말이. 아니, 이 마을하고 읍내하고 떨어져 있으면 얼마나 떨어져 있다고, 그쪽은 쏙 빠지고 여기만 묶이는 게 말이 돼? 그쪽은 놀이공원이 들어선다 뭐 한다 잔뜩 들떠 있더만. 시위를 해도 들은 척도 안 하고."

2000년 7월   25

"변호사 양반이야, 그 일 때문에 우리가 강하게 못 나가는 거 아니까 더 뻔뻔하게 구는 거 아니겠어? 이장님이 한번 강하게 말을 하셔야 한다니까."

매캐한 담배 연기와 수군거리는 말소리가 흘러나왔다. 해진은 말소리가 들리는 가게 뒷문 쪽으로 발걸음을 옮겼다. 남자 서너 명이 모여 서 담배를 피우고 있었다. 그중 해진이 아는 얼굴은 조금 전 삼촌과 사이좋게 말을 주고받던 식당 주인뿐이었다.

"하여간 늘 외지 것들이 문제야. 2년 전 그 일만 해도 그렇잖아. 보호 센터니 뭐니 밖에서 끼어들지만 않았으면 애초에 사건도 안 되었을 거라고."

"조카라는 애는 왜 방학에 이런 데 왔대? 잘사는 집 애들은 방학 때 학원 엄청 다닌다던데."

"뭔 사고를 쳤겠지. 그렇게 얌전해 보이는 애들이 사고는 더 치는 법이야."

"맞아. 변호사 양반만 봐도 그렇잖아. 김 씨 할아버지가 그 집에 뭔가 숨겨져 있다고 떠들고 다니는 게 괜한 헛소리만은 아닐 수 있어. 텅 빈 집을 세도 안 주고 놔두고 있잖아. 그 집엔 분명히 뭐가 있다니까."

"있긴 뭐가 있는데? 뭐 여자라도 숨겨 놨을까 봐?"

키득거리는 웃음소리를 뒤로하고 해진은 다시 식당 안으

로 들어갔다. 보상금은 뭐고 '그 일'은 뭔지 해진은 알 수 없었다. 한 가지 확실한 건, 삼촌 앞에서는 친한 척하던 식당 주인이 다른 곳에서는 삼촌의 험담을 하고 있었다는 것뿐이다. 속이 매슥거렸다. 시뻘건 고추장이, 시뻘건 말들이, 그보다 더 시뻘건 기억이 손톱을 세우고 해진의 속을 길게 긁어내렸다. 해진은 다시 자리에 앉아 꾸역꾸역 밥을 먹었다. 먹어야 이곳에서 나갈 수 있을 테니, 먹을 수밖에 없었다. 돈을 내미는 삼촌에게 사람 좋은 웃음을 지어 보이는 식당 주인의 얼굴 위로 어른어른, 반 아이들의 얼굴이 겹쳐졌다.

"삼촌, 물에서 냄새 안 나요?"

슈퍼마켓에서 장을 보다가 해진은 문득 생각났다는 듯 물었다. 삼촌은 생수병을 카트에 담으며 고개를 가로저었다.

"나는 모르겠던데. 왜, 물에서 냄새가 나니?"

"아니요. 다른 사람이 그렇게 말하는 걸 들어서요."

냄새가 났다. 분명히. 하지만 정말 아무 냄새도 나지 않는다는 듯 말하는 삼촌의 모습에 해진은 거짓말을 했다. 냄새가 난다고 말하면 삼촌을 거스르는 것처럼 보일까 봐. 아버지와 닮은 삼촌의 뒤통수와 목소리가 그렇게 하도록 만들었다.

"신경 쓰지 마라. 보상금 못 받은 게 억울해서 헛소문 퍼뜨리는 사람들이 있거든. 그 사람들도 자기들이 억지 부린다는 거 알아."

"보상금이요? 무슨 일 있어요?"

"내가 공단 자문 변호사로 일한다고 했지? 한 여섯 달 전에 마을 사람 몇몇이 공단에 소송을 걸었어. 댐을 건설할 때 공단이 거기에 폐기물을 무단으로 파묻은 것 아니냐고 의심을 하더라고. 억지도 그런 억지가 없지. 근처 호수에 댐 건설이 시작된 게 8년 전쯤인가. 완공된 건 1년여 전이다만. 그때까지 아무 말이 없다가 갑자기 물에서 냄새가 난다는 게 납득이 되니? 내가 그 소송을 맡았지. 어려울 거 하나 없는 소송이었어. 수질 검사를 했더니 모든 수치가 정상이라고 나왔거든. 물에 아무 이상이 없는데 몇몇이 냄새난다고 억지를 부린다고 해서 법원이 마을 사람들 편을 들어 줄 리가 없잖아. 그런데도 보상금 못 받아서 억울하다고, 내가 어떻게 손을 쓴 탓이라고 투덜거리는 사람들이 있더라. 김 씨 할아버지라고, 이상한 소문을 퍼뜨리는 사람도 있어. 내가 빈집에 시체를 파묻었다느니, 공단에서 폐기물을 갖고 나와 몰래 처리하고 있다느니. 댐 건설이 결정됐을 때부터 불만이 쌓인 사람들한테 내가 딱 좋은 화풀이 대상이 된 거지."

삼촌은 카트 안으로 라면과 과자, 레토르트 카레와 즉석 밥을 집어넣으며 법정에서 브리핑이라도 하듯 빠르게 말했다. 그러다 손을 멈추고 해진을 뒤돌아봤다.

"이해했니? 중학교 3학년이 알아듣기에는 좀 어려운 이야기였나?"

"아뇨. 그러니까 삼촌은 해야 할 일을 했을 뿐이고 잘못된 건 없는데, 잘못을 만들어 내고 싶은 사람들이 있다는 얘기죠."

삼촌은 씩 웃었다.

"맞아. 똑똑하구나. 형이 아들을 참 잘 뒀네."

삼촌의 웃는 얼굴은 아버지와는 완전히 달랐다. 집으로 돌아가는 동안 해진은 속을 답답하게 만들었던 매운 말들을 삼촌이 건넨 달콤한 칭찬 아래에 밀어 넣었다.

'앞에서는 친한 척, 뒤에서 욕하는 사람들이 나쁜 거야. 그런 사람들이 하는 말에 신경 쓸 거 없어. 삼촌은 아무것도 숨기지 않고 말해 주잖아.'

해진은 그런 사람들을 알고 있었다. 앞과 뒤가 다른 사람들. 그러니까 해진의 반 아이들 같은 사람들이다. 그들의 기억이 떠오르자 다시 속이 아파 왔다. 집에 돌아온 해진은 배가 아파 방에 누워 있겠다고 했다.

"좋을 대로 하렴. 이 집에 있는 동안 뭐든 마음대로 해. 딱 하나만 빼고."

"그게 뭔데요?"

"건너편 집에는 들어가면 안 된다."

해진은 알았어요, 라고 대답하고 2층 방으로 올라왔다. 침대에 누워 눈을 감고 중얼거렸다. 괜찮아. 괜찮아질 거야. 그렇게 주문을 외워서 진짜 괜찮아진 것처럼 머리를 속이는 거라고, 그렇게 가르쳐 준 사람은 대성이었다. 김대성. "너도 휴대폰 없어?"라고 말을 걸어오던 대성의 목소리가 떠올랐다.

*

3학년 새 학기 첫날이었다. 반이 바뀔 때면 해진의 긴장감은 언제나 넘칠 듯 온몸을 채워 출렁거렸다. 해진은 낯을 가렸고, 또래보다 체구가 작았다. 거기에 3학년이 됐으니 더 잘해야 한다는 부모님의 압박이 더해졌다. 새로운 교실에 들어가 자리에 앉는 순간, 해진은 낯선 공기에 질식할 것만 같았다. 2학년 때 그나마 친했던 친구들은 전부 다른 반으로 배정된 터였다. 그마저도 새 학기 첫날부터 다른 반으로 찾아가 들여다볼 만큼 친한 사이는 아니라서, 도망갈 곳조차 되어 주지 못했다.

창문 틈으로 새어 들어오는 바람이 추웠지만 해진은 창문을 닫지 않았다. 그래야 추워서 어깨가 움츠러든 거라고 변명할 수 있었으니까. 조회가 시작되자 담임은 긴급 연락처를 적어 내라고 했다. 파일이 앞에서 뒤로 넘어왔고, 해진은 집 전화번호를 적었다. 쿡. 뒷자리에 앉은 아이가 해진의 등을 찔렀다.

"너도 휴대폰 없어? 우리 둘뿐이더라. 집 전화번호 적어 낸
사람."

웃는 얼굴이 호빵맨을 닮은 아이. 그 아이가 대성이었다. 대
성이 말을 걸어 주어서, 함께 밥을 먹어 주어서, 해진은 어깨를
펼 수 있게 되었다.

친해지고 한참 지난 뒤에야 해진은 대성이 자신과 다르다
는 것을 알았다. 대성의 부모님이 대성에게 휴대폰을 사 주지 않
은 이유는 공부에 방해되어서가 아니었다. 대성의 부모님은 대
성에게 무관심했다. 대성의 교복 셔츠는 항상 목 안쪽에 때가
끼어 있었고, 학급 행사로 돈을 걷을 때면 대성은 늘 미루고 미
루다 결국 내지 못할 때가 많았고, 툭하면 지각을 했다. 대성은
학원을 다니지 않았고, 오락실에서 펌프를 수준급으로 뛰어서
박수를 받았다. 부모들이 하교 시각에 맞추어 교문 근처에 차를
대 놓았다가 애들을 태우고 학원으로 향하는 일이 당연한 학교
에서 대성은 이질적인 존재였다.

툭 튀어나온 못 같은 아이.

해진은 그런 대성이 좋았다. 대성에게 이끌려 오락실에도
처음 가 봤다. 대성이 오락실에 가자고 했을 때, 해진은 불량 학
생이 되면 어쩌나 무서워서 울었다. 나중에 대성은 해진이 오락

실에 가고 싶다고 할 때마다 그 일을 이야기하면서 웃었다.

해진이 바라본 대성의 세계는 한없이 다채로웠다. 단조롭고 무채색의 세계에 사는 자신과는 전혀 다른, 어디로든 통통 튀어 갈 수 있는 아이. 그 컬러풀한 색채를 조금 나누어 받고 싶었다. 그렇기에 대성이 고민이 있다고 했을 때 심각하게 듣지 않았다. 해진에게 대성은 고민이 없는 아이여야 했다.

"몇몇 애들이 나를 괴롭혀."

별것 아닌 괴롭힘, 그러니까 조금 심한 장난 같은 것이리라. 해진은 그렇게 대성의 말을 어그러뜨려 받아들였다.

"담임한테 말하면 될 거야."

해진의 반 담임은 학교 폭력 캠페인에 등장한 것으로 유명한 사람이었다. 교육청에서 상도 받았다고 했다. 그러니 담임에게 말하면 해결될 거라고, 해진은 대성을 설득했다. 대성은 싫다고 했다.

"선생님은 아무것도 해결해 주지 않아."

"왜 그렇게 생각해?"

"겪어 봤으니까."

해진은 그럴 리가 없다고, 대성의 손을 붙잡고 교무실로 갔다. 담임은 대성을 보자마자 미간을 찌푸렸다. 해진은 담임에게 해결해 주실 거죠, 라고 말했다. 담임은 작은 목소리로 "노력해

보마."라고 답했다.

그날 종례 시간에 담임이 반 아이들에게 물었다.

"우리 반에 왕따 같은 건 없지?"

아이들 몇 명이 서로 눈을 마주쳤고, 대성을 뒤돌아본 뒤에 우렁차게 대답했다.

"그럼요!"

그때부터 누가 대성을 괴롭히는지 해진도 알게 되었다. 그들은 담임이 있는 곳에서는 과하다 싶게 대성을 친절하게 대하다가, 담임이 보지 않는 곳에서는 노골적으로 대성을 괴롭혔다. 해진은 미디어를 통해 들었던 '도를 넘는 10대들의 따돌림'이 진짜로 일어난다는 것을, 누가 상상해 낸 일은 아닐까 싶었던 그 모든 폭력이 정말로 사람에게 가해지는 것을 봤다. 그 대상이 자신의 친구라는 것, 자신이 아무것도 할 수 없다는 게 어떤 기분인지도 알았다. 해진은 다시 담임을 찾아갔다. 혼자 찾아가서 대성이 겪고 있는 일을 말했다.

"그런 일이 일어나고 있다는 증거가 없잖니, 해진아. 네가 뭘 오해하는 거 아닐까? 우리 반 애들, 전부 사이좋잖아."

사이좋은 척하는 거예요. 선생님 앞에서만. 그렇게 말하려다가 해진은 깨달았다. 담임도 '모른 척'을 하고 있을 뿐이라는 사실을. 해진은 터덜터덜 교실로 돌아왔다. 아이들이 모두 돌아간 빈 교실에 대성이 혼자 남아 책상의 낙서를 지우고 있었다. 대성은 해진이 교실로 들어서는 것을 보고는 말했다.

"괜찮아, 해진아. 난 괜찮아."

"넌 뭘 만날 괜찮다고 해? 전혀 안 괜찮잖아."

"괜찮다고 자꾸 말을 해서 머리를 속이는 거야. 그럼 진짜 괜찮아질 수도 있으니까."

폭력 앞에서도 빛나는 아이. 색채를 잃지 않는 아이. 해진은 여전히 대성이 좋았다. 그래서 더욱 미웠다. 그런 '척'하는 사람들이. 착한 척하는 가해자들과, 못 본 척하는 반 애들과, 모른 척하는 담임이 미웠다.

최악의 인간들. 그 최악의 인간들 바깥에 서 있어서 다행이라고 생각하며 해진은 대성의 책상에 쓰인 낙서를 함께 지웠다.

*

'안 괜찮잖아. 이거 효과 없잖아.'

해진은 눈을 떴다. 여전히 속이 매슥거렸다. 해진은 침대에서 일어나 창문 앞에 섰다. 커튼을 걷고 바깥을 내다봤다. 어느새 어둑한 밤이 되어 있었다. 그 어둠 너머로 해진은 맞은편 2층 창에 커튼이 걷혀 있는 것을 봤다. 처음 이 방에서 봤을 때는 분명히 커튼이 쳐진 채였다. 해진은 유리창에 뺨을 바짝 붙이고 맞은편 집을 유심히 바라보았다. 창 안쪽에 무언가 어른거리는 듯했다.

'누구지? 진짜로 누가 저기 있나?'

해진은 유리창에 댄 뺨이 얼얼하게 차가워질 때까지 창밖을 바라봤다. 건너편 집, 2층 방 안에서 너울거리는 그림자는 애써 눌러놓았던 불안을 끌어 올렸다. 해진은 건너편 집의 방을 확인하고 싶은 충동에 휩싸였다. 삼촌은 아버지와 다르다. 달라야 한다. 이 집에서 지내는 동안 조금이라도 괜찮아지려면 여기가 절대적으로 안전한 곳이라는 확신이 필요했다. 깊은 밤, 어디서 팔이 뻗어 나와 다시는 나올 수 없는 곳으로 자신을 끌고 가지 않을 거라는, 그런 악몽을 꾸지 않아도 될 거라는 확신이.

해진은 아랫입술을 잘근잘근 깨물다가 창에서 얼굴을 뗐다. 매슥거리는 속을 가라앉히려면 바깥 공기가 필요하다는 핑계가 등을 떠밀어 주었다. 해진은 방을 나와 계단을 걸어 내려왔다. 불 꺼진 거실은 어두웠고, 삼촌의 모습도 보이지 않았다. 해진은 현관문 여는 소리가 나지 않게 조심스레 손잡이를 돌렸다.

'잠깐 들어가서 확인만 하고 오는 거야.'

해진은 집 밖으로 나왔다. 건너편 집의 현관을 응시하다가 크게 숨을 들이마시고는 한 발 한 발 조심스럽게 걸음을 옮겼다.

건너편 집에는 들어가면 안 된다.

삼촌의 당부는 어둠에 집어삼켜졌다.

선생님에게.

선생님, 마을에는 익숙해지셨나요? 내가 말한 호수에 가
보았나요? 아마 선생님은 이제 나보다 마을에 대해 많이 알 거
예요. 나는 가끔 눈을 감고 마을을 그려 봅니다. 실제로는 한 번
도 본 적 없는 마을을. 아랑은 내게 감나무에 감이 열린 걸 본 적
이 있냐고 물었습니다. 마을에는 마당에 큰 감나무가 있는 집이
있대요. 내가 본 적 없다고 했더니 보러 가자고 했어요. 이곳을
나가서 같이 보러 가자고. 자기가 사람들을 아주 많이 데려오겠
다고. 그러면 여기서 나가는 게 무섭지 않을 거라고 말하며 눈
을 반짝거렸습니다. 나는 그냥 웃었습니다.

마을 사람들은 내가 여기 있다는 사실을 모릅니다. 아랑이

내가 여기 있다고 말해도, 사람들은 아랑의 말을 믿지 않을 겁니다. 사람들은 아랑이 바보인 줄 알아요. 아닌데. 아랑은 그냥 말을 좀 못할 뿐인데. 듣는 사람이 참고 기다려 주면 말도 곧잘 하는데. 열네 살짜리 여자애가 말하기를 기다려 주는 어른이 별로 없는 모양입니다.

선생님. 이 편지를 아랑이 선생님에게 가져다줄지 모르겠어요. 싸웠거든요. 나는 가끔 아랑에게 화를 많이 냅니다. 그렇잖아요. 나는 여기서 나가지도 못하는데, 아랑은 마음대로 돌아다닐 수 있잖아요. 그냥, 그게 너무 부러워서 가끔 화풀이를 하고 말아요.

그렇지만 이번 싸움은 아랑이 나빴어요. 저번 편지에 제가 썼던 거 기억하세요? 이 마을에는 사람들이 전쟁 때 다 같이 숨으려고 파 놓은 굴이 있다고요. 아랑이 그 굴 이야기를 한 게 싸움의 이유였습니다.

예전에요, 전쟁이 끝나고 얼마 안 되었을 때, 전쟁에 나갔다가 부상을 입고 마을로 돌아온 애가 있었다고 해요. 열일곱 살밖에 안 됐는데 전쟁에 끌려 나갔던 거죠. 그 애는 한쪽 다리를 아예 못 쓰게 되었는데, 그보다 큰일은 머리를 다친 거였대요. 조금만 큰 소리가 나도 군인들이 자기를 죽이러 온다고 벌벌 떨었다지 뭐예요. 그 애를 보살피던 집안사람들은 점점 지쳤어요.

마을 사람들도 처음에는 그 애를 가엾어했지만, 점점 싫어하게 되었다고 해요. 그 애를 보면 전쟁이 떠오르니까. 사람들은 안 좋은 일을 일어나지 않은 듯 덮어 버리고 싶었는데 그 애가 있어서 그럴 수가 없었던 거예요. 그래서 사람들이 어떻게 했냐면요. 그 애를 굴에 가둬서 굶어 죽게 했대요. 나쁜 일도, 그 애도 없었던 것인 양 만들어 버리려고.

나는 아랑에게 말했어요. 네가 꾸며 낸 이야기 아니냐고. 그렇잖아요. 아랑의 할아버지가 이런 이야기를 했을 리가 없어요. 아랑의 할아버지는 '우리 마을'이라는 말을 입에 달고 사는 사람이에요. 무슨 일이 있어도 마을 사람들 탓은 안 하는 사람. 그런 사람이 이런 이야기를 했을 리가 없잖아요. 게다가 아랑이 그랬거든요. "네 아빠도 너를 그 애처럼 만들려는 걸지 몰라."라고요. 그래서 나는 화를 낼 수밖에 없었어요. 아빠가 그럴 리 없다고 생각해서는 아닙니다. 오히려 그 반대예요. 그렇지만 아랑한테 그런 말을 들으니까 진짜 그런 일이 일어날 것만 같아서 화가 났습니다.

선생님, 아빠는 예전에는 상냥했습니다. 엄마와 함께 한국에 살 때, 미국에 가기 전에는 말입니다. 내가 보딩 스쿨에 떨어지지 않았으면, 머리 나쁜 애가 아니었으면 지금도 상냥했을 겁니다. 그래도 아빠는 밤마다 나와 캐치볼을 해 줍니다. 내가 어렸을 때처럼요. 여기는 캐치볼을 제대로 하기에는 좀 좁아요. 그 래서 공을 손으로 주고받을 수가 없어요. 아빠가 던진 공은 대부분 내 몸에 맞고 떨어집니다. 머리에 맞을 때가 많아서, 그러잖아도 나쁜 머리가 더 나빠질까 봐 걱정입니다.

아랑이 와 주면 좋겠습니다. 선생님, 혹시 마을을 산책하다가 땅 밑에서 노랫소리가 들리면 나를 찾아봐 주세요. 나는 누가 올 것 같은 예감이 드는 날에는 노래를 부르거든요.

02

건너편 집의 현관문 손잡이를 돌렸다. 어깨로 문을 밀자, 현관문은 쉽게 열렸다. 해진은 조심스럽게 집 안으로 들어갔다. 집 안은 새까맣도록 어두웠다. 창마다 두꺼운 커튼이 쳐져서 희미한 달빛조차 새어 들어오지 않았다. 해진은 현관에 선 채 잠시 머뭇거렸다. 어둠 속 어딘가에서 누가 자신을 지켜보고 있는 것만 같았다. 건너편 집에는 가면 안 된다던 삼촌의 당부가 머릿속에서 확 되살아났다.

'왜? 빈집에 들어가는 게 뭐 그리 큰일이라고, 그런 말까지 한 거지?'

그 집엔 분명히 뭐가 있어. 뭔가가 있다니까. 사람들 말소리가 삼촌의 목소리와 뒤엉켰다. 들어가지 마. 하지 마. 쓸데없는 짓 하지 마. 삼촌 목소리는 아버지 목소리와 닮았다.

'아니야. 삼촌은 아버지와는 달라. 다를 거야.'

해진은 그 목소리를 떨쳐 내듯이, 어둠 속으로 한 발 걸어 들어갔다. 한 발, 또 한 발. 손으로 앞을 더듬으며 2층으로 이어진 계단 앞까지 갔다. 삐걱. 작은 소리가 났나 싶더니 계단 위에서 아래로 무언가 후닥닥 뛰어내려 와 해진의 옆을 스쳐 지나갔다.

"악!"

해진은 짧게 비명을 지르며 양손을 휘저었다. 손에는 아무 것도 잡히지 않았다. 서늘한 공기만이 해진의 뺨에 남았을 뿐이다.

'바람이었나?'

해진은 놀란 가슴을 쓸어내리며 계단을 한 칸 올랐다. 이 집이 삼촌 집과 구조가 같다면, 이 계단은 고작해야 열 칸 정도일 터였다. 그러나 어둠 때문에 계단의 끝이 보이지 않아서일까, 해진은 계단이 영원히 끝나지 않을 듯 느껴졌다. 만약 계단 끝에, 정말 무시무시한 것이 기다리고 있다면. 계단을 오르는 해진의 발걸음은 점점 느려졌다. 올라갈까, 올라가지 말까. 지금이라도 이 집에서 나갈까. 한 칸을 오를 때마다 갈등은 점점 커져만 갔다.

그러는 사이 끝나지 않을 것 같던 계단은 더 오를 곳 없이 끝나 버렸다. 해진은 올라온 계단 아래를 내려다보았다. 이제는 계단 아래의 어둠이 더 무섭게 느껴졌다. 결국 해진은 계단에서 등을 돌리고 2층 방의 문손잡이를 꽉 움켜잡았다. 방문을 열었다.

"뭐야. 아무것도 없잖아."

방에서 인기척은 전혀 느껴지지 않았다. 해진은 방 안으로 들어가 전등 스위치를 눌렀다. 켜지지 않았다. 이대로라면 어두워서 방 안을 살펴볼 수도 없다. 돌아갈까, 싶어 한 걸음 뒤로 물러선 해진의 발에 무언가 차였다. 몸을 굽혀 발아래를 더듬어 차인 것을 집어 들었다. 손전등이었다. 전원을 켜자 노란 불빛이 쏟아져 나왔다. 해진은 손전등을 들고 방 안을 비춰 보았다. 침대와 책상, 옷장이 전부였다. 창문의 커튼은 팔락이지도 않고 무겁게 드리워져 있을 뿐이었다.

해진은 손전등 불빛에 의지해 방 가운데로 걸어갔다. 책상 앞에 서서 책꽂이를 살펴보았다. 꽂혀 있는 책은 대부분 영어로 된 교과서였다. 해진이 다니는 학원에서 교재로 쓰는 것들도 있어서, 몇 권은 눈에 익었다. 해진은 책을 한 권 뽑아 팔락팔락 넘겼다. 책 위에 내려앉아 있던 먼지가 피어올라 기침이 났다.

'꽤 오랫동안 사용하질 않았나 봐. 역시 빈집이었어.'

커튼은 아무래도 잘못 본 모양이라고, 해진은 결론을 내렸다. 오후에 봤을 때도 이 정도로 걷혀 있던 커튼을, 완전히 창문을 가리고 있었다고 착각한 거라고.

해진이 책을 도로 책꽂이에 꽂으려는데, 책 사이에서 뭐가 툭 떨어졌다. 네모난 딱지 모양으로 작게 접은 메모지였다. 해진은 메모지를 집어 들어 펼쳐 보았다.

"선생님에게. 이거 편지네? ……선생님. 선생님은 내가 누구인지 모르겠지만, 난 선생님을 알아요……."

해진은 깨알같이 적힌 글씨를 읽어 내려갔다. 편지는 짧았지만, 내용은 이해하기 어려웠다. 그러나 해진은 그 편지에서 눈을 뗄 수 없었다. 귀양을 와 갇혀 있는 사람의 심정을 이해한다는 아이. 바람의 끄트머리를 붙잡아 어디든 가기를 원한다는 아이. 해진도 비슷한 소원을 빈 적이 있었다. 어두운 창고 안에서, 작은 창으로 빠져나갈 수 있게 바람이 되었으면 하고 바랐다.

'애는 이 집에 살았던 애일까? 이 교과서의 주인? 그럼 적어도 중학생 이상일 텐데. 이사를 간 거라면 책이랑 가구는 왜 다 두고 갔지?'

해진은 손전등을 책상 위에 올려 두고 책꽂이에 꽂힌 책을 한 권 한 권 빼서 살펴보았다. 쪽지 두 개를 더 찾아내 주머니에 넣었다. 혹시 다른 곳에도 있을까 싶어 이불도 들춰 보고, 침대 아래도 살폈다. 옷장 틈새까지 살피고 있자니 꼭 보물찾기를 하는 듯한 기분이 들었다. 어둡고 무섭기만 하던 작은 방이 비밀 기지처럼 느껴졌다.

　침대 아래를 더듬던 해진의 손에 무언가 잡혔다. 바닥에 납작 엎드려 안쪽을 보니, 침대 프레임 쪽에 테이프를 붙여 고정해 놓은 비닐봉지가 보였다. 봉지 속에는 쪽지가 스무 개 남짓 들어 있었다.

　해진은 쪽지를 꺼내 주머니에 넣고 침대에 걸터앉았다. 먼지가 코끝을 간지럽혔지만 익숙해지니 참을 만했다. 해진은 손전등을 든 채로 이불을 뒤집어썼다. 곰팡이 냄새가 나는 좁은 이불 안이 빛으로 가득 찼다. 해진은 맨 처음에 찾아낸 편지를 꺼내 읽기 시작했다. 편지의 글자와 글자 사이, 불안이 일렁거렸다.

　'이 집에 살았던 누가 이 아이를 가두었던 걸까? 이 방에?'

　편지를 읽으며 해진은 결심했다.

　아랑이라는 아이를 찾아보자고.

*

　똑똑. 문 두드리는 소리에 해진은 잠에서 깼다. 시계를 보니 아침 열 시였다. 해진은 주머니 속을 더듬어 보았다. 안에 쪽지가 들어 있었다. 어젯밤에 삼촌 몰래 건너편 집에 갔던 게 꿈이 아니었구나 싶었다. 이불 속에서 쪽지를 읽다가, 창문 너머로 삼촌 방의 불이 꺼지는 걸 보곤 허둥지둥 집으로 돌아왔던 터였다. 긴장했던 탓인지 옷도 갈아입지 않고 잠든 기억이 났다.

"해진아! 아빠한테서 전화 왔다."

다시 문 두드리는 소리와 함께 문밖에서 삼촌의 말소리가 들려왔다. 해진은 황급히 문을 열고 밖으로 나왔다. 삼촌이 자기 손에 들고 있던 휴대폰을 해진에게 건네주었다.

"편하게 통화하고, 휴대폰은 식탁에 놔두렴."

삼촌은 그렇게 말하고 계단 아래로 내려갔다. 해진은 손에 쥐어진 휴대폰을 멀거니 바라보았다. 받고 싶지 않았다. 그러나 받아야만 했다.

"여보세요."

[그래. 잘 도착했지? 어제 전화 못 해서 미안하다. 학회 준비 때문에 정신이 없었어. 엄마도 잘 있다. 거기는 지낼 만하지? 삼촌한테 잘 말해 놨으니까 잘 지내고. 캐리어에 문제집이랑 계획표 넣어 놨다. 계획표 보고 그대로만 하면 돼. 공기 좋은 곳에서 공부하면서 기분 전환 잘해라.]

아버지는 해진의 대답을 기다리지 않고 말을 쏟아 냈다. 아버지와의 대화는 언제나 일방통행이었다. 해진은 듣고 있다가 가끔씩 네, 라고 대답할 뿐이었다. '싫어요.'나 '하지 않을래요.'라는 말은 해 봤자 통하지 않을 것임을 이미 알고 있었다.

[삼촌 아들이 해진이 너랑 비슷한 나이일 거다. 걔가 어릴 때부터 외국에서 살아서 영어는 잘할 거야. 걔한테 영어도 좀 배우고.]

해진은 기계적으로 네, 라고 대답하려다가 멈칫했다.

"사촌이요? 삼촌 집에는 아무도 없어요. 삼촌 혼자 사는 것 같은데요."

[그래? 이상하네. 이혼할 때 애 엄마가 애를 맡지 않겠다고 해서 한국에 같이 들어왔다고 들은 것 같은데. 내가 잘못 알았나 보다. 아들이 공부 잘한다고 자랑을 했었으니 걔는 미국에 남았을 수도 있겠네. 신경 쓰지 마라. 영어 못 배우는 건 좀 아쉽다만.]

일주일 후에 한번 보러 가마. 아버지는 그 말을 끝으로 전화를 끊었다. 빈말이라도 어머니를 바꿔 줄게, 라는 말은 하지 않았다. 어머니가 절레절레 고개를 젓는 모습이 생생하게 떠올랐다. 어머니는 해진이 부끄럽다고 했다. 자신을 부끄럽게 만드는 아들과 말도 하고 싶지 않다고. 어머니는 지금도 해진을 부끄럽게 여기는 것이다.

해진은 휴대폰 폴더를 닫아 주머니에 넣고 화장실로 향했다. 물에서는 여전히 이상한 냄새가 났다. 해진은 대충 세수를 하고 계단을 내려왔다. 계단을 내려오는데, 어디서 깡, 깡, 빈 깡통을 두드리는 듯한 요란한 소리가 들려왔다.

"할아버지, 그만하세요."

"나는 다 알아! 저 밑에 뭐가 파묻혀 있는지 다 안다고!"

해진은 계단 중간에 멈춰 서서 현관문 쪽을 살펴보았다. 삼촌이 현관문을 연 채로 밖에 선 누구와 이야기를 나누고 있었다. 손에 무언가 들고 있는 할아버지였다. 좀 더 유심히 바라본 뒤에야 해진은 할아버지가 한 손에는 망치를, 다른 한 손에는 커다란 페인트 통을 들고 있다는 걸 알았다. 할아버지가 망치로 페인트 통을 치자 깡, 소리가 났다. 깡. 깡. 할아버지는 종이라도 치듯이 계속 페인트 통을 쳤다.

"난 알아! 이 집에도 분명 무언가 있지! 네놈이 그 어린것을 어떻게 했는지 안다고!"

"자꾸 오시면 경찰 부를 거예요."

"네놈이 속인 거야! 나를, 모두를 속인 거라고!!"

쾅. 삼촌이 문을 닫았다. 닫힌 현관문 밖에서 깡깡거리는 소리가 잠시 계속되다가 곧 조용해졌다. 계단 한가운데에 선 해진과 인상을 쓰고 돌아선 삼촌의 눈이 마주쳤다. 삼촌은 미간에 주름을 잡은 채 웃어 보였다.

"삼촌이 전에 슈퍼에서 말했지? 이상한 소문 퍼뜨리는 사람도 있다고. 그게 저 할아버지야. 저 깡통 치고 돌아다니면서 어찌

나 헛소리를 하는지. 해코지를 하진 않으니 무서워할 건 없어. 신경 쓰지 마라."

해진은 고개를 끄덕거렸다. 그러나 할아버지가 한 말, 집에 뭐가 파묻혀 있는지 안다고 소리치던 그 말은 깡깡거리는 소리와 함께 계속 해진의 귓가를 맴돌았다. 마을 사람들도 그랬다. 이 집에 무언가 있다고.

'정말로 이 집에 무언가 있을까? 사람들이 말하는 것처럼 폐기물 쓰레기? 아니면……'

쪽지에는 이 마을 어딘가에 굴이 있다고 적혀 있었다. 굴. 그 굴은 어디에 있는 걸까. 혹시 누군가의 집 아래에 있다면.

툭. 삼촌의 손이 해진의 머리에 와 닿았다. 꼬리에 꼬리를 물고 이어지던 해진의 생각이 뚝 끊겼다. 삼촌은 해진의 머리를 지그시 누르듯 쓰다듬었다.

"삼촌은 이제 출근해야 돼. 주방에 먹을 거 있으니 적당히 챙겨 먹어라. 식탁에 돈도 놔뒀으니까, 밖에 나가 먹고 싶으면 그렇게 하고. 집 안에만 있지 말고 나가서 바람도 쐬고 그래. 방학 때 이런 곳에 왔으면 실컷 놀다가 가야지."

해진은 주머니에서 휴대폰을 꺼내 삼촌에게 내밀었다.

"통화 잘했어요, 삼촌. 그런데 아버지가 사촌 이야기를 하던데요."

삼촌은 여전히 미간에 주름을 잡은 채 웃으며 휴대폰을 받아 들었다. 미간의 주름이 약간 더, 진해진 것도 같았지만 그뿐이었다.

"아아, 우리 아들? 걔는 미국에 있단다. 학교 문제도 있고 몸도 약해서 한국에 같이 올 수가 없었어. 그럼 난 이만 나가 봐야겠다."

아들 이름이 뭐예요, 해진은 물어보고 싶었다. 혹시 그 애가 편지를 쓴 애는 아닐까. 하지만 삼촌은 그 말을 마치자마자 빠른 걸음으로 현관문을 열고 나가 버렸다.

해진은 부엌으로 가 토스터에 식빵을 구우면서 부엌 창문 밖으로 차고를 빠져나오는 삼촌의 차를 봤다. 삼촌의 차는 순식간에 사라졌고, 해진은 다 구워진 토스트를 접시에 담아 방으로 갔다.

해진은 책상에 앉아 컴퓨터를 켜고 플래시 애니메이션을 보기 시작했다. 클릭하고 또 클릭하는 사이 토스트는 언제 먹었는지 모르게 사라졌다. 시리즈 하나를 전부 보고 다른 시리즈를 찾아 게시판의 링크를 클릭하고, 또 다른 게시판에서 링크를 클릭했다. 그러다 한 프리챌 커뮤니티에 가입하기까지 했다. '개그. 엽기. 괴담 전문 채널'이라는 헤더가 걸린 커뮤니티 게시판에는 플래시 애니메이션뿐만 아닌 다른 자료도 잔뜩 올라와 있었다.

슬슬 애니메이션에 질려 있던 참이라 해진은 게시물 중 하나를 클릭했다. '사흘 전에 보도된 살인 사건 일어난 집 다녀온 썰 푼다'라는 제목이었다. 닉네임 '사연 도둑'. 자칭 '사연 있는 집 전문가'라고 소개한 사람이 쓴 글에는 사건 현장을 찍은 인증 사진도 첨부되어 있었다. 해진은 그 사람의 닉네임을 클릭해서 다른 글도 보았다. TV 뉴스나 신문 등 미디어에 소개된 사건에 나오는 집을 찾아서 몰래 들어가 촬영하고, 다녀온 소감을 쓴 글이 대부분이었다. 불법 침입 아니냐, 사건 현장 훼손하지 말라는 댓글도 더러 있었지만 재미있다, 진짜 괴담 주인공 되는 거 아니냐 같은 가벼운 반응들이 대부분이었다.

그 글을 읽고 있노라니, 어두운 계단을 걸어 올라가던 때의 감각과 아랑을 찾아보겠다던 결심이 선명하게 떠올랐다. 해진은 아랫입술을 깨물다가 컴퓨터를 껐다. 건너편 집의, 편지 속의 불안을 걷어 내지 않으면 이 집에서도 결코 마음이 편할 수 없을 터였다.

'아랑을 찾으면 편지를 쓴 애가 누구인지 알 수 있을 거야. 그럼 누가 그 애를 가뒀는지도 알 수 있겠지. 전에 이 집에 살던 사람일 수도 있어. 그러면 삼촌에게 알려서 그 애를 구할 수 있을지도 몰라.'

해진은 컴퓨터를 끄고 방을 나섰다. 식탁 위에 놓인 돈도 챙겼다. 하지만 막상 현관문을 열고 나선 뒤에는 어디로 가야 할지 알 수 없었다. 마당을 가로지르며 해진은 쪽지의 내용을 되짚어 보았다.

'선생님한테 보내는 편지였잖아. 그러니까 아랑을 아는 선생님이 있을 거야. 그럼 그 편지를 누가 썼는지도 알 수 있지 않을까?'

그렇다면 일단 학교에 가 보는 게 좋을 듯했다. 해진은 삼촌 집에서 이어진 좁은 골목길을 걸어 마을 상점가까지 나왔다. 오후 한 시를 조금 넘긴 마을은 한산했다. 골목에 주차된 오토바이 때문에 좁은 길이 더욱 좁아 보였고, 식당과 이발소 주인이 나와 여름 더위에 달구어진 아스팔트에 물을 뿌리고 있었다. 마을 어귀의 아름드리 나무 아래 평상에는 몇몇 사람이 모여 앉아 참외를 깎아 먹고 있었다.

"거기 변호사님 조카 아니야? 어디 가냐? 참외 좀 먹고 가."

해진이 평상 옆을 지날 때 그중 한 명이 해진을 불러 세웠다. 낯선 얼굴이었다. 해진은 그 자리에 멈춰 서서 엉거주춤 고개를 숙여 인사했다.

'저 사람들은 내가 삼촌 조카라는 걸 어떻게 알지?'

한 번도 본 적 없는 사람이 일방적으로 나를 알고 있다는 섬뜩함이 참외 한 조각에 얹힌 친절함보다 크게 다가왔다.

"이리 가까이 와. 어서 받으라니까."

연거푸 재촉하는 손짓을 무시할 순 없었다. 게다가 물어봐야 할 것도 있었다. 해진은 평상 쪽으로 다가가 참외 한 쪽을 받아 들었다.

"저기요. 학교가 어디 있어요?"

참외를 건넨 사람이 마을 입구에서 이어진 돌담길 오른쪽을 가리켰다.

"학교는 저쪽. 이 담을 따라 조금만 내려가면 버스 정류장이 나와. 거기서 22번 버스를 타면 된다. 여기는 초등학교랑 중학교랑 고등학교가 다 모여 있어. 버스가 학교 앞에 딱 서니까 찾기 쉬울 거다."

"감사합니다."

"학교는 왜 가려고? 지금 방학이어서 운동하는 애들만 있을 텐데."

참외에서 흘러내린 즙만큼 끈적거리는 호기심이 해진에게 달라붙었다. 해진은 손에 들고 있던 참외 한 조각을 입에 밀어 넣고 그 자리를 떠났다. 버스 정류장까지는 금방이었다. 해진이 버스 정류장에 서서 노선표를 들여다보고 있을 때였다.

깡. 깡. 깡.

망치를 든 손이 위협적인 곡선을 그렸다. 삼촌과 대치하는 듯 보였던 할아버지가 해진 앞에 서 있었다. 여전히 한 손에는 깡통을, 다른 한 손에는 망치를 들고 해진을 노려보며 깡통을 두드렸다. 험악한 표정으로 두드리며 외쳤다.

"버렸어. 암, 버렸고말고!"

머리를 멍하게 만드는 소리와 할아버지의 핏발 선 눈이 점점 가까워졌다. 해진은 뒷걸음치다가 정류장 기둥에 등을 부딪쳤다.

"할아버지! 이러시면 안 된다고요!"

어떤 여자가 달려와 할아버지의 팔을 붙잡았다.

"미안해, 학생. 할아버지가 치매가 심해서 이런 거니까 좀 이해해 줘."

여자는 할아버지의 팔을 결박하듯 붙잡고 끌고 갔다. 할아버지는 가지 않으려고 버티며 두 팔을 버둥거렸다. 그럴 때마다 망치와 깡통이 허공을 휘저었다. 해진의 이마에서 땀 한 방울이 주룩 흘러내렸다. 7월의 더운 공기가 숨 막히게 훅 몰려왔다.

"손녀 팔아서 돈 받을 땐 언제고 이제 와서 이래요?"

멀어진 말소리가 해진의 귓가를 희미하게 때릴 때, 땀방울이 주르륵 뺨을 타고 내려왔다.

정류장 기둥에 기대어 있던 해진은 무너지듯 쪼그려 앉았다. 버렸어. 암, 버렸고말고. 할아버지의 말이 더위보다 더 해진을 어지럽게 만들었다. 처음 온 마을. 처음 만난 사람. 그러니 아무것도 모르고 내뱉은 말이리라. 그러나 해진은 마을 사람들이 전부 알고 있지 않을까, 하는 의심이 들었다. 만난 적조차 없는 사람들이 자신이 삼촌의 조카라는 사실을 알듯이, 벌써 다 알고 있는 게 아닐까.

부모님이 나를 이곳에 보낸 건, 포기했기 때문이라는 것을.

해진이 여기에 오기 전부터 품고 있던 의심이었다. 문을 걸어 잠갔던 기억들이 해진을 덮쳤다. 해진은 더 이상 정류장에 서 있을 수 없었다. 버스를 탈 엄두도 나지 않았다. 당장 어디선가 손이 나타나 해진을 좁고 어두운 곳으로 끌고 들어갈 것만 같았다. 안전한 곳으로 가야 해. 해진은 뒤돌아 걸었다.

해진이 알고 있는 안전한 곳.

그곳은 자기 방뿐이었다.

선생님에게.

선생님, 내 머리의 땜빵이 더 커졌어요. 미국에 있을 때는 500원 동전만 했는데, 이제는 주먹만 한 크기가 되었습니다. 햇빛을 보지 못한 탓일까요. 머리카락도 잔디처럼 햇빛을 봐야 자라는 걸까요. 미국에 있을 때 병원에 간 적이 있는데, 내 머리가 빠지는 이유는 스트레스 때문이라고 했습니다.

나는 열 살 때 미국에 갔어요. 엄마는 가기 싫어했어요. 그래도 아빠는 가야 한다고 고집을 부렸습니다. 나를 미국 학교에 보내야 한다는 것, 그게 이유였어요. 아빠는 내가 아주 머리가 좋다고 생각했던 것 같아요. 왜일까요? 나는 한국에 있을 때도 공부를 잘하는 편이 아니었어요. 공부가 재미있다고 느낀 적도 전혀 없습니다. 그런데도 아빠는 내가 자기 아들이니까 당연히 공부를 잘해야 한다고 했어요.

미국에 간 뒤 아빠는 일이 잘 풀리지 않는다고 화를 냈습니다. 직장을 얻을 수 없다고, 명문대 나와서 겨우 이런 허드렛일을 할 순 없다고 술을 마시며 울었습니다. 자주 혼잣말을 중얼거렸고 집 안의 물건을 부수었습니다. 선생님, 그런 거 아세요? 사람 몸에 다른 누가 들어가 있는 것처럼 느껴지는 거요. 아빠는 종종 그렇게 됐습니다. 그래서였을까요. 아빠가 너무 자주 다른 사람이 됐기 때문에 엄마는 아빠와 이혼한 걸까요. 엄마와 이혼한 뒤로 아빠는 더 자주, 다른 사람이 되었습니다. 그러다 내게 말했어요. 한국에 돌아가자, 고.

이 마을에 처음 왔을 때, 가슴이 두근거렸습니다. 이제는 다시 한국에서 학교를 다니고, 새로운 친구들을 사귈 수 있을 테니까요. 하지만 아빠는 내게 이렇게 말했습니다. 학교는 못 간다고. 너처럼 멍청한 애를 남에게 내 아들이라고 소개할 순 없다고. 너는 여기에 존재하지 않는 아이가 되어야 한다고. 검정고시를 보고 좋은 대학에 가면, 여기서 나가게 해 주겠다고.

처음에 나는 2층 방에 있었어요. 석 달쯤을 그곳에서 지냈죠. 그 방에서는 맞은편 집 안에서 누가 뭘 하는지가 보여요. 맞은편 집 2층에 아랑이 있었습니다. 내 또래의 아이. 서로를 발견한 뒤 나와 아랑은 밤마다 손전등으로 신호를 주고받았습니다. 내가 손전등을 한 번 깜빡이면 아랑도 한 번 깜빡였어요. 고작 그랬을 뿐인데 즐거웠습니다. 나는 아랑을 만나고 싶었어요. 네 이름은 뭐냐고 물어보고 싶었고, 이야기를 나누고 싶었습니다. 그래서 아빠의 허락 없이 2층 방을 나갔어요. 그러지 말아야 했습니다. 그랬으면, 적어도 햇빛이 들어오는 그 방에 머무를 수 있었을 겁니다.

여기는, 이 굴속은 너무 어둡고 습합니다. 이상한 냄새도 납니다. 아빠는 요즘 집을 자주 비워요. 그래서 아랑이 좀 더 자주 나를 만나러 올 수 있습니다. 아빠가 집에 있으면 아랑이 마음대로 방에서 나올 수 없거든요. 아빠는 가끔 아랑에게도 화를 냅니다. "은혜도 모르는 것."이라고 말해요. 아랑에게는 언니가 한 명 있었는데, 어떤 사건의 피해자가 되었다고 합니다. 아빠가 그 사건을 맡았어요. 아랑이 맞은편 집에서 지내는 것도, 아랑의 할아버지가 치매가 심해져서 아랑을 보살필 수 없기 때문이라고 들었습니다.

아랑에게 물어본 적이 있습니다. 언니는 어떻게 됐느냐고. 아랑은 대답하지 않았습니다. 아빠 말로는, 아랑은 나와 동갑이지만 정신 연령은 일고여덟 살 정도라고 합니다. 머리가 나빠서 아무것도 모른대요. 아빠는 진짜 그렇게 생각하는 걸까요? 여덟 살 아이라고 해도 아무것도 모르진 않습니다. 어린아이는 바보가 아닌걸요. 그리고 이건 내 생각인데요. 진짜 머리가 나쁜 사람은 아랑처럼 티가 나진 않을 것 같아요. 오히려 뭐든 아는 척하지 않을까요. 진짜 무섭고 이상한 사람도 겉으로는 멀쩡해 보이잖아요. 아빠처럼.

선생님, 나를 만나러 올 건가요? 꼭 와 줬으면 좋겠습니다. 도와주세요. 나를 모른 척하지 말아 주세요.

03

해진은 방문을 잠갔다. 컴퓨터를 켜고 되는대로 인터넷 게시판을 돌아다녔다. 무엇을 해서든 머릿속을 다른 것으로 채우고 싶었다. 자꾸만 떠오르는 그 기억들이 아니라면 뭐든 상관없었다. 그러나 무얼 봐도 집중이 되지 않았다. 인터넷 게시판에 쓰인 글자들이 기억 속의 말로 변해 해진에게 덤벼들었다.

가장 앞장서 공격해 온 말은 '그런 애와 엮이지 마라.' 였다.

*

대성을 향한 아이들의 괴롭힘은 점점 더 교묘하고 심해졌다. 중간고사가 얼마 남지 않은 5월 어느 날, 아이들은 대성을 체육 비품 창고에 가두었다. 해진은 대성이 수업에 계속 들어오지 않자 무슨 일이 생겼구나, 직감했다. 해진은 수업이 끝난 뒤 대성을 찾아 학교 곳곳을 헤맸다. 해진이 대성을 체육 비품 창고에서 발견한 건 저녁 여덟 시가 다 돼서였다. 숙직하는 선생님을 찾아가 창고 열쇠를 받아다 문을 열었다. 대성에게서는 지린내가 났다. 대성을 부축해 창고를 나오면서 해진은 놓쳐 버린 학원 특강과 사흘 앞으로 다가온 중간고사를 떠올렸다. 어깨에 기댄 대성의 무게가 유난히 무겁게 느껴졌다.

결국 해진은 학원을 가지 못하고, 학원 끝나는 시간에 맞추어 집으로 돌아왔다. 현관문을 열고 들어간 해진은 거실 소파에 앉아 있는 아버지를 보고 흠칫 놀라 그 자리에 굳어 버렸다. 밤 열 시에 아버지가 서재 아닌 거실에 나와 있다는 것은 뭔가 문제가 생겼다는 의미였다. 아버지는 자신이 정한 규칙을 웬만해서는 어기지 않는 사람이었다.

"그런 애와 엮이지 마라."

해진이 신발을 벗고 거실로 들어서자마자 아버지는 그렇게 말했다. 해진은 아버지가 누구를 말하는지 묻지 않아도 알 수 있었다. 평소라면 해진은 그저 고개를 끄덕거렸을 터였다.

해진은 아버지와 어머니를 좋아했고 존경했다. 주변 사람들은 해진의 부모님이 대단하다고, 완벽하다고 칭찬했다. "해진이네 부모님은 두 분 다 대학교수여서 모르는 게 없겠다." "해진이네 엄마는 진짜 우아하더라. 우리 엄마는 완전 아줌만데." 그런 말을 들을 때마다 어깨가 으쓱해졌다. 해진은 완벽한 부모님에게 어울리는 완벽한 아들이 되고 싶었다. 그러면 부모님도 해진을 인정해 줄 테니까.

그러나 해진이 아무리 노력해도 아버지가 원하는 성적은 받을 수 없었고, 어머니가 원하는 천재가 될 수도 없었다. 그래서 해진은 말 잘 듣는 아이가 되기로 했다. 그러면 적어도 미움은 받지 않을 테니까. 친구들은 그런 해진을 '마마보이'라고 놀렸다. 그러나 무어라고 불리든 해진은 부모님의 완벽한 세계의 일부가 되고 싶은 마음을 버릴 수가 없었다.

그러나 그때, 해진은 고개를 끄덕이지 않고 되물었다.

"따돌리는 쪽이 나쁘잖아요. 대성이는 잘못 없어요."

완벽한 부모님이라면 해진이 옳은 일을 하고 있음을 알아주리라 믿었다. 다수를 괴롭히는 소수는 비겁하다. 정면에서 덤비지 않고 뒤에서 몰래 함정을 파는 것은 더욱 비겁하다. 친구와는 사이좋게. 다수는 소수를 존중하면서. 그것이 유치원생도 알고 있는 기본적인 사회 '정의'가 아니던가.

"학원에서 전화가 왔다. 결석을 했다며? 며칠 후면 시험인데 어쩌려고 그래? 그 친구에 대해서도 들었다. 요즘 네가 어울려 다니는 애 때문에 수업에 집중을 못 한다고 선생님이 걱정하시더라. 그 애, 아버지가 교도소에 있다며? 어쩌자고 그런 애가 이 학교에 들어왔는지."

"대성이 아버지랑 대성이는 상관없잖아요."

쭛. 아버지는 혀를 차며 해진을 향해 손을 내밀었다. 해진은 움찔 뒤로 물러서고 싶었지만 꾹 참았다. 아버지는 해진의 이마를 손가락 끝으로 꾹 밀었다.

"오죽 한심하면 따돌림 같은 걸 당하겠어? 당하는 쪽이 한심한 거지."

내 말 명심해라. 아버지는 해진에게 등을 돌렸다.

그날 밤 해진은 제대로 잠들지 못했다. 아침이 되고 학교에 가서도 내내 멍했다. 그래서였다고. 대성이 누가 자기를 체육 비품 창고에 가두었는지 알아내자며 해진의 손을 잡아끌었을 때 그 손을 뿌리친 것은 그래서였다고, 그날 이후 해진은 줄곧 자기 자신에게 변명을 했다.

"그래. 오래 버텼지. 이젠 모른 척해도 돼. 고마웠다, 정해진."

대성은 그렇게 중얼거리고는 해진에게 다시는 말을 걸지 않았다.

해진은 미안함과 홀가분함을 동시에 느꼈다. 이젠 대성을 돕느라 학원에 빠지는 일은 없을 터였다. 해진은 중간고사가 끝날 때까지만 사과를 미루자고 생각했다. 당장 눈앞에 닥친 시험만큼 대성을 외면하기에 좋은 핑계는 없었다. 대성이 중간고사가 끝날 때까지 학교에 나오지 않았기에 죄책감은 더욱 옅어졌다.

중간고사가 끝난 다음 날, 담임은 대성이 전학을 갔다고 말했다. 그날 저녁 해진은 대성에게 메일을 보냈다. 존재하지 않는 메일 주소라는 표시와 함께 되돌아왔다. 해진은 대성을 영영 잃어버렸음을, 이제는 사과할 수 없게 되었음을 그제야 깨달았다.

이틀 뒤, 대성을 괴롭히던 아이들이 해진의 교과서를 가져다 버렸다. 대성에게 가해졌던 폭력이 그대로 해진에게 옮아오기까지는 일주일이 채 걸리지 않았다.

해진은 그들에게 왜, 라고 묻고 싶었다. 하지만 이유 따위 없다는 것은 벌써 알고 있었다. 그들은 그저 다수로 뭉쳐 한 명에게 폭력을 퍼붓는 짓을 재미로 여길 뿐이다. 그들이 내세울 수많은 이유 중에 진짜 이유는 없다는 것을 알았다. 알면서도 자꾸 묻고 싶었다. 왜냐고. 왜 하필 나냐고. 해진은 그 의문을 목 아래로 눌러 삼키며 견뎠다. 선생님에게도 부모님에게도, 괴롭힘을 당한다는 사실을 털어놓을 수는 없었다. 오죽 한심하면 따돌림 같은 걸 당하겠어? 라던 아버지의 목소리가 생생하게 떠올랐다. 한심한 아들이 되고 싶지는 않았다.

중간고사 성적이 발표되던 날, 해진은 체육 비품 창고에 갇혔다. "쟤는 좀 위험하지 않아? 담임이 싸고도는 거 장난 아닌데." "괜찮아. 쪽팔리게 이런 걸 이르겠냐." 아이들은 밖에서 낄낄 웃으며, 열어 달라고 소리 지르는 해진의 목소리를 무시했다. 해진은 문 너머에서 인기척이 사라진 후에도 한참이나 문을 두드렸다. 손바닥 한쪽이 빨갛게 부어올랐다. 창고 안은 먼지가 자욱했고, 곰팡이 냄새가 났다.

해진은 매트에 앉아 창고 위쪽에 붙은 작은 창문이 주황빛으로 물드는 풍경을 멍하니 바라보았다. 이 학교에는 이제 대성이 없다. 해진을 찾으러 올 사람이, 이 창고에서 꺼내 줄 사람이 아무도 없는 것이다. 주황빛 노을은 금세 까만 어둠으로 바뀌었다. 해진은 창고 한쪽에서 무언가 기어 나와 자신을 집어삼킬 것 같은 두려움에 뜀틀에다 몸을 바짝 붙이고 앉아 떨었다. 창문을 통해 간간이 바람이 불어와 해진의 뺨을 간질였다. 그때마다 해진은 빌었다. 차라리 바람이 되어 이곳을 나가게 해 달라고.

해진은 예전에 봤던 영화를 떠올렸다. 동굴에서 혼자 낙오된 주인공이 그곳을 빠져나가려고 고군분투하는 내용이었다. 그 영화를 볼 때 해진은 주인공이 이해되지 않았다. 가만히 있으면 동료가 구하러 올 텐데, 왜 저렇게까지 불안해하는지 알 수 없었다. 그러나 체육 비품 창고에 갇힌 그 몇 시간 동안, 해진은 그 영화 주인공이 어떤 기분이었을지 알 것 같았다. 어두움이, 좁은 공간이 무서운 게 아니었다. 언제 나갈 수 있으리라는 확신이 없다는 것. 그것이 가장 큰 공포였다.

머리로는 알았다. 학원 끝나는 시간이 지났는데도 해진이 집에 돌아오지 않으면 부모님은 해진을 찾아 나설 것이다. 설령 부모님이 해진이 체육 비품 창고에 있는 것을 발견하지 못해도, 내일이 되면 누구든 창고로 들어올 테니 여기에 계속 갇혀 있을 가능성은 거의 없다. 그러나 불확실성에서 오는 공포는 이성을 마비시키고, 점점 더 해진의 마음을 갉아먹었다.

체육 비품 창고의 문은 밤 열 시, 학원이 끝나는 시간에 맞춰서 열렸다. 해진을 가두었던 그들도 사건이 커지는 것은 바라지 않은 것이다. 해진은 아무 일 없었다는 듯이 집에 돌아갔다. 그리고 방문을 걸어 잠갔다.

이튿날에도 방문을 열지 않았고, 그 이튿날에도 열지 않았다.

해진은 학교에 가지 않겠다고 버티며 방에 틀어박혔다. 학교에 가면 또다시 누가 자신을 창고에 가두어 버릴 것만 같았다. 다시 그런 어두운 곳에 갇히느니, 차라리 자발적으로 방에 갇히는 편이 나았다. 해진의 부모님은 학교에 전화를 걸어 해진에게 일어났던 일을 알아냈다. 가해자들은 해진에게 사과의 편지를 썼고, 전학이 결정되었다. 딱 그뿐이었다.

"별것 아닌 일이었어. 이젠 다 해결됐으니 학교에 가거라."

아버지의 말에 해진은 고개를 가로저었다. 갈 수 없어요, 라는 말이 끝나기도 전에 아버지가 해진의 뺨을 때렸다. 아버지도 어머니도 해진에게 왜 갈 수 없느냐고 묻지 않았다. 물어봤어도, 해진은 대답하지 않았을 것이다. 자꾸 어디에 갇혀 있는 듯 답답함이 몰려든다고. 학교에 가야 한다는 생각을 하면 그 답답함이 커져서 자신을 집어삼킬 것만 같다고. 그렇게 말해도 해진이 겪은 일을 '별것 아닌 일'로 치부하는 부모님은 이해하지 못할 터였다.

해진은 여름 방학이 되기 전까지 한 달 반을 집에만 틀어박혀 지냈다. 어머니는 학교에 해진이 정신적 충격이 커서 치료를 받아야 한다고, 출석일 문제를 해결해 주지 않으면 폭력 사건을 언론에 제보하겠다고 말했다. 학교에서는 해진의 부모님이 내건 조건을 모두 받아들였다. 해진의 집으로 일주일에 두 번, 학교 공문이 우편으로 배달되어 왔다. 기말고사는 중간고사 성적을 기반으로 비슷하게 책정될 것이라고, 이 사실을 절대 다른 사람에게 이야기하면 안 된다는 말도 들었다.

해진은 부모님이 집을 비우는 낮 시간에는 집 안 여기저기를 활보하고 다니다가, 저녁이 되어 부모님이 돌아오면 방으로 숨어들었다. 아버지는 밤마다 해진의 방문을 두드리며 소리를 질렀고, 어머니는 해진을 투명 인간 취급했다.

"당신도 애한테 뭐라고 좀 해! 애가 학교를 안 가는데 어떻게 그렇게 태평해?"

아버지는 흥분했다.

"난 걔한테 실망했어. 소문 다 났어. 백 교수 아들이 등교 거부한다고. 내가 명색이 교육학 교수인데, 아들 하나 제대로 보살피지 못하는 엄마라고. 날 부끄럽게 만드는 아들하고는 말하고 싶지 않아."

어머니는 단호했다.

뜨겁고 차가운 목소리가 방문 밖에서 파도처럼 뒤엉켜 일렁일 때마다 해진은 스스로가 한심해 견딜 수 없었다. 이대로 있다가는 부모님에게 버림받을 것만 같다는 두려움이 나날이 커졌다. 학교에 가야 해, 학교에. 다시 말 잘 듣는 아들이 되어야 해. 그렇게 되뇌며 잠들었다가도, 아침이 되면 도저히 학교에 갈 수가 없어 포기하는 나날이 이어졌다. 해진은 알지 못했다. 부모님에게 인정받고 싶다는 욕구만으로 견고하던 해진의 세계는 진작에 깨어졌음을. 그 균열을 알아차리지 못했기에 파도에 휩쓸려 표류하는 날이 계속되었다.

해진은 때때로 대성이 보고 싶었다. 해진에게 오래 버텼다고 말해 준 사람은 오직 대성뿐이었다. 가끔 대성의 목소리가 떠오를 때면 해진은 체육 비품 창고에서 뺨을 간질이던 바람을 떠올렸다. 대성이 그 바람을 닮은 아이였음을, 자신도 바람이 되고 싶은 순간이 있었음을 곱씹었다. 그리고 후회했다.

모른 척하지 말았어야 한다, 고.

*

"……모른 척하지 말아 주세요."

해진은 쪽지의 마지막 문장을 소리 내어 읽었다. 인터넷에는 통 집중이 되지 않아 주머니에 넣어 두었던 쪽지를 하나씩 꺼내 읽기 시작한 터였다.

'이 애 아빠라는 사람, 삼촌이랑 비슷한 것 같아.'

미국에서 살다 온 변호사. 그 키워드는 한 치의 어긋남 없이 삼촌을 가리키고 있었다. 자기 아들이니까 당연히 공부를 잘해야 한다고 믿는 쪽지 속의 남자. 해진의 아버지도 그랬다. 해진이 자기 아들이니, 시험에서 만점을 받는 게 당연하다 말하곤 했다.

그리고 삼촌은, 아버지를 닮았다.

'아니야. 아닐 거야. 삼촌은 나한테 실컷 놀다가 가라고 했잖아. 아버지하고는 달라.'

해진은 고개를 가로저었다. 그러고는 다시 쪽지를 읽었다. 모른 척하지 말아 주세요, 라는 마지막 문장이 해진의 마음을 툭툭 건드렸다. 모른 척하지 말걸. 해진이 문을 걸어 잠근 방 안에 우두커니 앉아 몇 번이고 했던 후회였다.

'이 쪽지를 쓴 애, 지금도 굴 안에 갇혀 있는 거면 어쩌지?'

역시 아랑을 찾아야 한다. 해진은 쪽지를 주머니에 넣고 의자에서 일어났다. 발에 빵 부스러기가 밟혔다. 버스 정류장에서 돌아와 방에 틀어박힌 뒤로 벌써 이틀이 지나 있었다. 그동안 토스트와 주스만 먹으며 인터넷을 하다가 쪽지를 읽기만 거듭한 터였다. 생리 현상도 최대한 참다가 해결했고, 세수도 하지 않았다. 해진이 그렇게 지내는 동안 삼촌은 한 번도 해진을 부르거나 찾지 않았다.

해진은 화장실로 가 세수를 했다. 물에서는 여전히 냄새가 났다. 얼굴에 검고 끈적거리는 것이 들러붙은 듯 느껴지는 그런 냄새였다. 해진은 마른 수건으로 얼굴을 있는 힘껏 문질렀다.

'만약 애가 지금도 갇혀 있으면, 꺼내 줘야 해.'

어두운 곳에, 언제 나갈지 아무 기약 없이 갇혀 있을 때의 공포를 해진은 너무나 잘 알았다. 쪽지를 쓴 아이도 바람이 되고 싶다고 했다. 자신과 같은 소원을 품은 아이. 자신과 같은 공포를 아는 아이. 해진은 쪽지 속 아이에게서 자신을, 대성을 보았다. 그러므로 구해야만 했다. 해진을 향해 덤벼들던 기억은 어느새 사그라들고, 쪽지 속 아이 생각만이 해진의 머릿속을 가득 채웠다.

해진은 집을 나섰다. 버스를 기다리는 동안 깡통을 두드리는 할아버지가 나타날까 긴장했지만, 아무도 나타나지 않았다. 해진은 무사히 버스에 탔다. 버스는 구불구불 좁은 골목길을 지나 높은 언덕 위로 올라갔다. 다음 정류장은 무인중학교, 무인고등학교 앞입니다. 학교는 정류장 바로 앞에 있었다. 해진은 버스에서 내려 열린 교문 안으로 들어갔다. 운동장에서는 한 무리의 아이들이 유니폼 차림으로 축구를 하고 있었다. 해진은 학교 건물로 걸어 올라갔다. 건물은 잠겨 있었다.

'보충 수업 안 하나? 한 군데쯤은 열려 있을 만도 한데.'

해진은 창 너머를 기웃거렸다.

"야, 너 누구야? 여기서 뭐 해?" '

툭. 누가 해진의 어깨를 쳤다. 뒤돌아보니 축구부 유니폼을 입은 아이가 서 있었다. 운동장에서 축구 하던 아이들 중 한 명인 듯, 이마가 땀으로 번들거렸다.

"혹시 선생님 계시나 해서."

해진은 말끝을 흐렸다. 남의 학교에 몰래 들어왔다가 들킨 모양새라 잘못한 게 없는데도 겁이 났다.

"선생님은 왜?"

"아랑이에 관해 물어보려고."

해진은 축구부의 입가가 씰룩거리는 것을 보았다. 축구부는 주변을 두리번거리다가, 건물 쪽으로 바싹 몸을 붙여 서더니 목소리를 낮춰 물었다.

"너 걔지. 변호사 아저씨 조카. 네가 아랑을 어떻게 알아?"

"넌 내가 변호사 조카인 걸 어떻게 아는데?"

"이 마을에선 웬만한 일은 반나절도 안 돼서 다 소문나. 묻는 말에 대답해. 네가 아랑을 어떻게 알아? 변호사 아저씨가 말해 줬어? 그럼 너, 아랑이 어디 있는지도 알아? 마을 어른들이 그러던데. 변호사 아저씨가 아랑을 좋은 곳으로 보냈다고."

축구부의 말을, 해진은 처음엔 이해하지 못했다. 변호사 아저씨는 삼촌이다. 눈앞의 아이는 아랑을 안다. 그리고 변호사 아저씨가 아랑을 좋은 곳으로 보냈다고 말했다. 그 연결 고리가 이어지는 순간, 해진은 등골이 서늘해졌다.

"아랑하고 연락이 되면 말 좀 전해 줘. 미안했다고."

"……미안했다고."

인정하고 싶지 않은 사실이 몰고 온 충격에 해진은 멍하니 상대의 말을 따라 중얼거릴 뿐이었다. 그러니까. 그러니깐…….

"그 누나 말이야. 아랑이네 언니. 설마 그렇게 될 줄은 몰랐어. 어른들이, 우리는 그냥 모른다고 하면 된다고 했거든. 말 함부로 하면 선배들 인생 망친다고. 괴롭힌 사람들 중에 축구부 선배도 있었거든. 그래서 경찰에서 조사 나왔을 때 모른다고, 그런 거 못 봤다고 했어. 사실은 봤는데. 다 아는데. 마을 사람들하고 선배들하고 몇몇이서 같이 그 누나한테 나쁜 짓 하는 거. 손찌검은 일상이었고 더한 짓도 하는 거. 마을 사람들은 다 알고 있었는걸."

축구부는 이마를 손등으로 벅벅 문질렀다. 해진은 그 아이의 등 뒤로 쏟아지는 한여름의 햇살을 보았다. 햇살이 그림자를 땅바닥에 새겨 넣었다. 해진은 아무것도 몰랐다. '아빠가 그 사건을 맡았어요.'라던 쪽지 속 사건이 무엇인지, 그 사건이 어떻게 끝났는지. 그러나 이제 한 가지 사실만큼은 확실하게 알았다.

"변호사 아저씨도 재판을 길게 끌면 누나한테도 아랑이한테도 도움이 안 된다고 했거든. 가해자들 중에 미성년자가 많아서 처벌 많이 안 나온다고. 하루빨리 합의하는 게 더 좋다고. 근데 누나가 그렇게 되니까 괴로웠어. 아랑이가 자기 언니 도와달라고, 언니 괴롭힌 사람들 벌 받게 해 달라고 말하고 다녔거든. 어른들은 아랑이가 바보라고, 아랑이 말은 들을 필요 없다고 했지만 아랑이는 바보가 아냐. 착한 게 바보는 아니잖아. 친한 애들하고는 말도 잘했어. 우리 반 애들, 다 사이좋았거든. 그래서 아랑이 자기 언니를 얼마나 좋아하는지도 알아. 누나가 그렇게 되고 아랑이한테 직접 사과하고 싶었는데, 변호사 아저씨가 아랑이를 데려간 후론 만날 수가 없었어."

……그러니까, 편지를 쓴 아이의 '아빠'는 삼촌이라는 것을.

"아랑이가 지금 어디 있는지는 몰라. 아랑이하고는 네 말대로 삼촌 통해서 잠깐 만난 적이 있을 뿐이야. 그때 아랑이가 자기 친구 얘기를 했거든. 아랑이는 그 친구를 엄청 걱정했어. 그래서 이 마을에 온 김에…… 그 친구가 잘 지내고 있는지 신경 쓰여서 찾아보려고 하는 거야."

해진은 타는 듯 마른 목 아래에서 말을 끄집어냈다. 말을 하면서도 머릿속에는 오직 한 가지 생각뿐이었다. 삼촌이 그 사람이다. 공부를 못한다는 이유로, 자기 아들이 될 자격이 없다고 아이를 가둔 사람. 이곳에서는 괜찮을 거라고 다독여 놓았던 불안이 당장이라도 해진을 집어삼킬 듯 몸집을 불렸다.

"아랑이 친구? 누굴 말하는 거지? 아, 혹시 그 이야긴가? 아랑이가 툭하면 그랬거든. 땅 아래에 자기 친구가 산다고. 밖으로 나오고 싶어 한다고. 도와달라고."

"……그 친구에 대해 뭐 아는 거 있어?"

"몰라. 아무도 그 말을 안 믿었거든. 사람이 어떻게 땅 밑에서 살아? 아랑이가 그 친구 부탁이라며 선생님에게 쪽지 같은 걸 준 적도 있는데, 선생님이 장난치지 말라고 혼냈어."

"그렇구나."

해진의 머릿속에서, 어둠 속에 갇혀 있을 아이의 모습이 체육 비품 창고 안에 갇혔던 자신의 모습과 겹쳐졌다.

'삼촌의 아들. 내 사촌인 그 아이. 그 애는 지금 어디에 있을까? 설마 아직도 굴속에 있는 거면 어떻게 하지? 편지 속에 나오는 굴은 대체 어디 있는 거지?'

해진은 아랫입술을 잘근잘근 깨물었다.

그때 운동장 쪽에서 누구를 부르는 목소리가 들려왔다. "지금 갈게!" 축구부가 크게 소리쳐 대답하고는 몸을 돌리며 말했다.

"맞다. 그 친구 이야기가 신경 쓰이면, 너희 삼촌 맞은편 집 있잖아? 마주 보고 있는 그 집. 거기 잘 뒤져 봐. 아랑이가 그랬거든. 그 집에 비밀의 문이 있다고. 그 문을 통해서 친구를 만나러 간다고."

선생님에게.

선생님, 아랑이 인사를 하러 왔습니다. 이 마을을 떠나게 되었다고. 아빠가 더는 이곳에 있으면 안 된다고 했다고. 선생님에게 편지를 줬는데 혼만 났다고. 그래도 나는 마지막 편지를 쓰기로 했습니다. 마지막 편지와 테이프도 아랑에게 줄 생각입니다. 아랑이 그걸 잘 숨길 수 있을까, 그게 걱정입니다.

아랑은 내게 같이 가자고 했습니다. 둘이 함께 이 마을에서 도망치자고요. 아빠가 쫓아오면 자기가 대신 맞아 주겠다고. 착한 아랑. 그러니까 나는 아랑에게 테이프를 줄 겁니다. 혹시 아빠가 아랑을 해코지하려고 하면, 이걸 들고 경찰서에 가라고 했습니다. 방송국에 가라고 하는 편이 나았을까요? 이 마을 경찰이 아닌 다른 곳의 경찰들도 아랑을 모른 척할까요?

나는 알고 있었습니다. 아빠가 아랑의 언니를 도운 게 아니라는 사실을. 아랑의 언니를 괴롭힌 사람들에게 유리하도록 증거를 조작했다는 사실을. 치매에 걸린 아랑의 할아버지를 속여서 합의했다는 사실을.

그리고 나는 또 알고 있습니다. 댐을 만들 때, 아빠가 다니는 회사가 그 밑에 무언가를 파묻었다는 것을. 지금도 폐수를 무단으로 방류하고 있다는 것을. 아빠는 종종 나를 대나무 숲처럼 여기거든요. 아빠는 모릅니다. 내가 녹음기를 갖고 있다는 것도, 아빠가 나를 대나무 숲으로 쓸 때마다 녹음한 이야기가 테이프 가득 모였다는 것도.

나는 아랑의 언니를 생각합니다. 아랑의 언니는요, 아무도 자기 말을 믿어 주지 않는 게 슬퍼서 죽었다고, 나는 생각합니다. 내가 밖에 나가서 어른이 된 다음에 말이에요, 내가 어릴 때 아버지가 나를 굴에 가둬 놓고 길렀어, 라고 말하면 아무도 믿지 않을지 몰라요. 꿈꾼 것 아니냐고, 그런 부모가 어디 있느냐고 말할지도 모르죠. 그렇게 상상하면 몹시 슬퍼져요. 그런 사람들은 말하겠죠. 부모는 아이를 위해 뭐든지 해. 나쁜 일은 안 해. 아빠도 내게 그렇게 말하거든요. 다 너를 위한 일이야, 라고. 그렇게 말하는 사람들은, 아이들 말을 믿지 않는 어른들은, 자기가 아는 것만이 진실이라고 믿는 바보들입니다. 그런 사람들 때문에 나쁜 사람들이 파묻어 놓은 진실이 밖으로 드러나지 못하는 거예요. 고통받는 아이들이 계속 갇힌 채 있어야 하는 거예요. 나처럼요. 그러니까 선생님도 바보입니다.

나는 아랑에게 물었습니다. 전쟁이 끝난 뒤에 부모가 아이를 굴에 가두어 굶어 죽게 했다는 이야기가 진짜냐고요. 아랑은 모른다고 울었습니다. 그 이야기를 하면, 내가 자기랑 도망가겠다고 할 줄 알았대요. 나는 아랑을 껴안아 주었습니다. 아랑이 행복하기를 바랍니다. 그러니까 나는, 아랑이 무사한 것을 확인할 때까지 여기서 도망칠 수 없어요. 그때까지는 착한 아이로 있어야만 합니다. 아랑은 내 마음을 알아줄까요.

착한 아이. 그게 대체 뭘까요. 선생님, 나는 아빠를 좋아했어요. 아빠가 나를 이 어둡고 컴컴한 곳에 가둘 때도, 내가 착한 아이가 아니라서 잠시 벌을 준다고 생각했어요. 아빠는 술을 많이 마셨고, 이따금 완전히 다른 사람이 되었지만 그래도 내 아빠였으니까요. 사람들에게 존경받는 변호사였으니까요. 아빠가, 아빠가 만들어 놓은 세계가 완벽하다고 믿지 않으면 이미 그 안에 갇힌 내 세계까지 무너져 버리니까요. 그러니까 나도, 모른 척했던 겁니다. 내가 나를 모른 척해 버린 거예요.

나는 진즉에 알고 있었습니다. 선생님은 나를 도와주지 않으리라는 것을. 선생님은 아랑에게 말했다고 했지요. 누구든 문제가 있으면 말하라고, 도와주겠다고. 그건 역시 거짓말이었던 거지요. 선생님은 내가 아닌 누군가에게 어떤 문제가 일어났어도 모른 척했을 거예요. 그런 사람인 거지요.

나는요. 이곳에서 나가면 모른 척하지 않는 어른이 될 겁니다.

04

'비밀의 문. 그게 대체 뭐지? 어디에 있다는 거지?'

집으로 돌아오는 버스 안에서 해진은 달달달 다리를 떨었다. 편지 속 아이. 그 애가 지금도 갇혀 있다면 어떻게든 꺼내 주고 싶었다. 그러나 이젠 어느 누구의 도움도 기대할 수 없다. 도와주리라 생각했던 삼촌이 그 아이를 가둔 장본인이니까. 일단 건너편 집을 샅샅이 살펴보아야 했다.

정류장에서 내리자마자 급히 집으로 뛰어 올라간 해진은 차고에서 나오던 삼촌과 딱 마주쳤다.

"어디 다녀오니?"

삼촌은 부드럽게 웃었다.

"그냥, 산책이요."

해진은 얼버무리며 삼촌이 집 안으로 들어가기를 기다렸다. 삼촌이 집에 들어가기만 하면 곧장 빈집으로 숨어들 속셈이었다. 그런데 삼촌은 현관문 앞에 서서 담배를 꺼내 들며 해진을 빤히 바라보았다.

"얼른 집에 들어가. 곧 손님이 올 거야. 손님이 갈 때까지는 방에서 나오면 안 된다."

해진은 어쩔 수 없이 떠밀리듯 자기 방으로 향했다. 초조하게 방 안을 왔다 갔다 하던 해진은 컴퓨터를 켜고 검색 사이트에 '무인고등학교 폭력'을 입력했다. 온갖 키워드로 한참이나 검색했지만 어떤 기사도 찾을 수 없었다. 해진은 커뮤니티에 들어갔다. 커뮤니티 상단에 작게 떠 있는 커뮤니티 대화창에서는 실시간 채팅이 한창이었다. 빠르게 올라가는 닉네임 중 '사연 도둑'이라는 닉네임이 눈에 띄었다.

'학교도 건물이니까 이 사람이 뭔가 알고 있지 않을까?'

해진은 망설이다가 채팅창을 클릭했다.

: 혹시 무인고등학교에서 일어났던 일 아시는 분?

해진의 글은 빠르게 위로 밀려 올라갔다. 대답해 주는 사람은 없었다. 기운이 빠진 해진은 의자 등받이에서 스르륵 미끄러졌다.

"원하시는 게 뭔데요?"

1층에서 험악한 목소리가 올라와 열린 문틈으로 새어 들어왔다. 삼촌이 누구와 싸우는 듯했다. 해진은 방문을 열고 나가 발끝으로 살금살금, 계단 중간까지 내려갔다. 말소리가 조금 더 잘 들렸다.

"자네가 공단에 제출한 샘플 조작했지? 아니면 서류를 조작했거나. 마을 수돗물에서 이렇게 냄새가 나는데 공단이 아무 짓도 안 했다는 게 말이 되냐고!"

"뭘 모르시는군요. 검사는 상하수도 검사 팀에서 지휘합니다. 저는 거기에서 나온 검사서를 자료로 받아 재판을 준비하는 거예요. 제가 뭘 조작하고 어쩌고 할 수가 없는 일이라니까요. 아니, 수질 검사에서 아무것도 안 나오는 걸 어쩝니까."

"그럼 공단에서 했겠지! 어쨌든 자네가 뭔가 숨기고 있다는 건 마을 사람들이 다 알아!"

"제가 뭘 숨깁니까. 법이 마을 편을 안 들어 줬을 뿐이죠. 어르신도 잘 아시잖아요. 법은 언제나 더 강한 자 편이라는 거 말예요. 마을 사람들한테 헛소문 좀 그만 퍼뜨리라고 전해 주세요. 제가 명예 훼손으로 고소할 수도 있습니다. 헛소문도 어지간해야. 설령 공단에서 폐수를 방류한다고 해도, 제가 왜 우리 집 아래에 폐기물을 저장해요? 몇몇 무식한 사람들이 자극적인 이야기를 퍼뜨려도 이장님쯤 되는 분이 말려야지, 맞장구를 치시면 어떡합니까."

"그거 말고! 자네 아들! 그 애! 난 분명히 봤어. 자네가 이 마을에 온 첫날, 누가 이사 왔나 싶어 마당 안까지 들어와 봤지. 어린애가 있더군. 내가 누구냐, 물었더니 이 집 아들이요, 그랬어! 그 애는 어디 있지? 아랑이가 그랬었지. 자기 친구가 땅 밑에 있다고."

"남의 집 마당에 함부로 들어오신 게 자랑이에요?"

쾅. 약간 열려 있던 현관문이 요란한 소리와 함께 닫혔다. 해진은 다시 숨을 죽이고 방으로 돌아가 문을 잠갔다. 심장이 터질 것처럼 두근거렸다.

'삼촌 아들이라면 그 애잖아. 이장이라는 사람은 그 애가 여기 있는 걸 봤다고 했어. 역시 삼촌이 거짓말을 한 거야. 자기 아들은 미국에 있다고 하더니.'

해진은 책상 앞 의자에 무너지듯 주저앉았다. 문득 바라본 컴퓨터 모니터에 새 창이 떠 있었다. 커뮤니티에서 누가 일대일 채팅을 걸어왔다. '사연 도둑'이었다.

: 아까 단챗방에 무인고등학교 사건 아냐고 물어보셨죠? 저 아닙니다.

: 대답이 없으시네. 저 나가야 되는데. 기사 스캔한 거 올려놓은 게시판 링크 남겨 놓을 테니 나중에 보세요. 한 2년 전에 지

방 신문에 실린 기사예요. 그 마을에 특이하게 생긴 집이 있어서 관심 두고 보다가 찾은 거예요. 이거 이슈가 될 만한 사건이었는데, 중앙지에서는 아예 다루지 않고 뉴스에도 안 나왔어요. 누군지 몰라도 가해자 쪽이 돈 좀 있는 듯.

해진은 크게 숨을 들이쉬고 링크를 눌렀다. 화면에 뜬 기사는 짧았다. 마을 청년 일부가 여고생을 집단 폭행, 경찰에 신고했지만 가해자 중 지역 유지의 자식이 많았던 탓에 조사가 제대로 이루어지지 않은 정황이 의심된다는 내용이었다. 가해자는 재판 중 합의를 이유로 감형받았으며, 가해자 중 미성년자가 많은 점을 이유로 주동자 한 명만 사회봉사를 명령받고 나머지는 모두 무죄로 풀려났다는 내용이 무미건조한 문체로 쓰여 있었다. 다음 캡처를 클릭했다. 앞의 기사보다 좀 더 길었고, 사진도 함께 실린 기사였다.

"……피해자 A양은 가해자들이 무죄 판정을 받은 날 유서를 남기고 자살했다. A양의 보호자였던 할아버지와는 연락이 닿지 않고 있다. A양은 어려서 부모님을 잃은 뒤 지적 장애가 있는 동생을 보살피며 지냈던 것으로 알려져 있다. A양의 동생은 A양의 변호를 맡았던 변호사가 도의적 차원에서 보살피고 있다고 한다. 본지에서는 피해자가 남긴 유서를 단독 입수, 사건의 경각심을 일깨우고자 이를 공개한다."

기사 속 사진에는 유서라 하기엔 너무 짧은 메모가 찍혀 있었다.

'내 고통을 모른 척하지 마세요.'

해진은 사진 속 글자를 뚫어져라 바라보았다. 모른 척해도 돼. 대성은 그렇게 말했었다. 그 말이 진심이 아니었으리라는 것을, 해진은 안다. 해진도 그렇게 외치고 싶었으니까. 모른 척하지 말아 달라고. 내 고통을 없는 것으로 취급하지 말라고. 아무리 당신들이 없는 것이라 말해도 그것은 분명히 존재한 문제이고 아픔이었음을 인정하라고.

해진은 아직 읽지 않은 쪽지를 주머니에서 꺼내 하나씩 읽기 시작했다.

*

해진은 새벽 한 시가 넘어 까치발을 하고 방에서 나왔다. 가능한 한 소리가 나지 않게 현관문 손잡이를 돌려 집을 나온 뒤 맞은편 집으로 향했다. 망설임 없이 집 안으로 들어가 2층 방으로 올라갔다. 손전등은 놓아둔 곳에 그대로 있었다. 해진은 손전등을 켜고 다시 1층으로 내려왔다.

'굴하고 이어진 입구라면 1층이나 지하에 있을 거야.'

이젠 빈집의 어둠은 무섭지 않았다. 어둠 속에 누가 있다면, 그건 해진이 찾고 있는 사람일 것이다. 해진은 손전등을 비추며 거실부터 살펴보았다. 가구가 전혀 놓여 있지 않은 거실의 나무 바닥을 결마다 손으로 두드려 보고, 바짝 엎드려서 이상한 소리가 나지는 않는지 확인했다. 먼지 때문에 자꾸 재채기가 났다.

바닥에 바짝 뺨을 대고 있던 해진의 눈에, 부엌에 놓인 냉장고가 보였다. 2층 방을 제외한 다른 곳에는 가구가 하나도 없는데 왜 저기에만 냉장고가 있을까. 해진은 몸을 일으켜 부엌 쪽으로 갔다. 냉장고는 전원이 꽂혀 있지 않았다. 해진은 냉장고 문을 열어 보았다. 안에는 아무것도 들어 있지 않았다. 해진은 냉장고를 몸으로 밀어 조금 움직여 보았다. 냉장고에 가려졌던 바닥에서 철문 비슷한 것이 희끗 보였다. 해진은 손전등을 옆에 내려놓고 허리를 굽혔다.

냉장고를 조금 더 움직여 보려고 냉장고 문 아래쪽을 잡았을 때였다. 손전등 불빛이 만들어 낸 해진의 그림자에 다른 그림자 하나가 겹쳐졌다.

"이 집엔 들어오지 말라고 했지."

커다란 손이 우악스럽게 해진의 팔을 붙잡았다. 삼촌의 목소리는 차분했지만, 해진은 그래서 더 무서웠다. 삼촌이 자기까지 땅속 어디로 끌고 들어갈 것만 같았다. 해진은 삼촌의 팔을 뿌리치고 2층을 향해 달렸다. 손전등 불빛마저 없이 어두운 계단을 뛰어오르는 해진의 등 뒤로 불빛이 바쁘게 뒤쫓아 왔다. 불빛에 집어삼켜지기 직전, 해진은 방으로 들어가 문을 잠갔다.

쾅쾅쾅. 거칠게 문을 두드리는 소리가 잠시 이어지다가 잠잠해졌다. 혹시 삼촌이 문을 따고 들어오지나 않을까 싶어, 몸에 잔뜩 힘을 주고 문에 기대어 섰다. 그렇지만 한참이 지나도 문은 열리지 않았고, 아무 소리도 들리지 않았다. 해진은 창밖으로 건너편 집을 살펴보았다. 1층 거실에 불빛이 밝혀져 있고, 유리벽 너머로 삼촌인 듯한 실루엣이 왔다 갔다 하는 모습이 보였다.

'열쇠를 찾는 걸까? 혹시 삼촌이 나를 해치면 어떡하지?'

여기서 무슨 일이 일어났는지 누구에게든 알려야 한다는 초조함이 해진을 사로잡았다. 그것은 폭력의 공포를 뛰어넘는 절실함이었다. 하지만 방에는 종이도 연필도 없었다. 해진은 필기구를 찾아 방을 샅샅이 뒤지다가 결국은 침대에 주저앉고 말았다.

'이래서였구나. 네가 계속 편지를 쓴 건. 아무도 와 주지 않을 걸 알면서도 쓰지 않고는 버틸 수 없었던 거구나.'

해진은 주머니에 든 쪽지를 만지작거렸다. 얼굴 한 번 본 적 없는 사촌이 삼촌보다도, 부모님보다도, 그 누구보다도 가깝

게 느껴졌다. 해진은 침대에 앉아 졸다 깨기를 거듭하다가 결국 침대 위에 쓰러져 잠들었다.

아침이 되었을 때, 해진을 깨운 것은 창밖에서 비쳐 들어온 햇살이 아니었다.

"일어나라. 짐 싸서 떠날 준비 해."

어느새 문을 열고 들어와 침대 발치에 선, 삼촌의 목소리였다.

*

"한창 상상력이 풍부할 나이인 건 이해한다. 하지만 내가 정한 규칙을 지키지 않는 사람과는 함께 지낼 수 없어. 나는 맞은편 집에는 들어가지 말라고 분명히 말했다. 그러니 당장 이 집을 떠나. 어제저녁에 형에게 연락했다. 널 데려가라고. 중국에서 첫 비행기로 바로 온다고 했어. 네 아버지도 아들 때문에 고생이구나. 정말로."

삼촌은 덤덤하게 말하며 해진의 캐리어를 들고 와 현관 바로 앞에 두었다. 해진은 그동안 캐리어를 거의 풀지 않은 채였기에, 따로 짐을 쌀 필요는 없었다. 해진은 현관에 버티듯 서서 삼촌을 노려보았다.

"저 집에 가면 왜 안 되는데요?"

"그게 규칙이니까."

"저 방은 누가 썼었나요? 삼촌 아들이 미국에 있다는 거, 거짓말이잖아요."

"내가 왜 그런 거짓말을 해? 내 아들은 미국에 있어."

"거짓말!"

삼촌은 해진의 말에 더는 대답하지 않고 현관문을 나갔다. 해진은 현관에 쪼그려 앉았다. 쪽지를 쓴 아이, 자신의 사촌은 미국에 있지 않을 것이다. 그러나 이 집에도 없을 것이다. 아니, 없어야 한다. 얼핏 본 냉장고 아래 철문은 꽤 오랫동안 열지 않은 듯 먼지가 쌓여 있었다. 그곳이 비밀의 문이 맞는데, 그 정도 먼지라면 쪽지를 쓴 아이는 이미 그 안에서……. 해진은 고개를 가로저었다.

'아랑을 찾자.'

쪽지에 쓰인 대로라면, 아랑은 이 마을을 떠났다. 삼촌이 한 일이 녹음된 테이프를 가지고 어디론가 갔다. 아랑이 쪽지를 침대 밑에 숨겨 둔 이유는 언젠가 누가 그것을 발견해 자신을, 또는 쪽지를 쓴 아이를 찾아 주기를 바랐기 때문이 아닐까. 주머니에 넣어 둔 쪽지 모서리가 자꾸만 해진을 찔렀다.

"정해진. 가자. 나와라."

현관문이 열리고, 밖에 선 채 손짓을 하는 아버지가 보였다. 아버지의 표정에는 짜증이 가득했다. 해진은 두말없이 일어나서 캐리어를 끌고 마당으로 나갔다. 마당에 주차된 차에 캐리어를 싣는 동안 아버지도 삼촌도 아무 말이 없었다. 아버지와 해진이 차에 올라타자, 삼촌이 어서 가라는 듯 손짓만 해 보였을 뿐이다.

"새벽에 전화해서 너를 빨리 데려가라고 어찌나 난리를 피우던지. 도대체 무슨 일이 있었던 거냐? 고작 열흘도 얌전히 못 있어서 바쁜 사람 오고 가게 해야겠어?"

아버지는 운전석에 앉아 해진에게 화를 냈다. 차는 마당을 나가 좁은 골목길을 지났다. 해진은 아무 말 없이 창밖만 바라보았다. 창문 밖으로 망치와 깡통을 든 할아버지가 삼촌의 집 방향으로 걸어가는 모습이 보였다.

"물에서 냄새가 났어요."

순식간에 멀어지는 할아버지의 뒷모습을 보던 해진이 불쑥 말했다.

"뭐?"

대체 무슨 뚱딴지같은 소리냐는 듯, 백미러로 아버지가 해진을 노려보았다. 해진은 아랑곳하지 않았다. 아버지가 화를 내는 게 이제는 무섭지 않았다. 해진이 별로 움츠러들지 않자, 아버지는 제풀에 화가 꺾였는지 미간의 주름을 풀었다.

"솔직히 말해도 된다. 삼촌하고 지내기 힘들었지? 내 동생이지만 아주 성격이 괴팍해. 그래도 네가 집 밖으로 나와서 지냈다는 데 의미가 있지. 서울 가서 하루만 푹 쉬고, 바로 영어 캠프에……."

"아버지. 삼촌 아들이요. 미국에 있다는데 연락할 방법이 있을까요?"

해진은 아버지의 말허리를 잘랐다. 아버지는 고개를 가웃거렸다.

"글쎄다. 미국에 있다면 이혼한 작은어머니와 살고 있을 것 아니냐. 네 삼촌이 결혼도 갑자기 했고, 미국에도 갑자기 갔어. 친해질 틈이 없었지. 연락처도 모르고 소식도 몰라."

"아버지한테는 조카잖아요. 걱정 안 됐어요?"

"걱정은 무슨. 내 새끼 키우기도 바빠 죽겠는데."

한심한 어른. 아버지의 말에 그런 생각이 떠오른 순간, 해진은 완벽한 세계의 붕괴를 맞이했다. 해진은 더 이상 아버지의 세계에 속하고 싶지 않았다.

그러는 동안 차는 터널로 들어갔다. 터널 속 어둠을 맞이한 순간 해진은 문득 호수를 떠올렸다. 쪽지 속 아이가 친구처럼 여겼다는 호수가 보고 싶었다.

"아버지, 마을 떠나기 전에 호수 한 번만 보면 안 돼요?"

"호수? 바빠서 안 돼. 저녁에 약속이 있다. 너를 집에 데려다주고 바로 나가야 해."

"잠깐이라도 꼭 보고 싶어요."

해진은 물러서지 않았다. 아버지는 고집을 부리는 해진을 백미러로 힐끔 보았다. 해진이 아버지의 말에 반발한 것은 대성이 창고에 갇혔던 날 이후 처음이었다.

"알았다. 그럼 그쪽 길로 갈 테니, 차 안에서 봐라. 내려서볼 시간은 없어."

차는 표지판을 따라 방향을 틀었다. 큰길을 벗어나 좁은 뚝방 길로 접어들자 창밖으로 녹음에 둘러싸인 호수가 보였다. 해진은 창문을 최대한 아래로 내렸다. 해진은 쪽지를 쓴 아이와 아랑이 함께 멀리 보이는 호수 쪽으로 도망치는 상상을 했다. 상상 속 아이와 아랑, 둘의 얼굴은 해진과 대성이 얼굴이 되었다가 아스라이 사라져 갔다.

'대성아, 이젠 나도 알아. 모른 척하는 사람들 때문에 괜찮은 척해야 하는 게 얼마나 견디기 힘든 일인지. 미안해.'

다시 만날 수 없을 것이다. 아마도. 그러나 해진은 약속했다. 대성에게, 얼굴 본 적 없는 사촌에게. 모른 척하는 어른은 되지

않겠다고. 여름의 더위와 호숫가의 물기를 함께 머금은 바람이
해진의 뺨을 어루만지듯 불어왔다.

수질 검사를 둘러싼 비극인가?
망치 폭행 사건 논쟁은 진행 중

평화로운 마을에서 발생한 사건의 여파는 아직도 이어지고 있다. 석 달 전, K공단의 자문 변호사인 정성모(남, 42세) 씨가 같은 마을에 사는 김춘석(남, 72세) 씨가 휘두른 망치에 머리를 가격당하는 사건이 벌어졌다. 두개골이 함몰되는 중상을 입은 정 씨는 사건 직후 병원으로 이송, 치료 중이며 김 씨는 구속되었다. 사건 당시 김 씨는 치매를 앓고 있어 정 씨를 공격한 이유를 제대로 밝히지 못한 것으로 알려져 있다.

일부에서는 이 사건의 원인을 마을 주민들과 공단 사이의 법적 갈등으로 보고 있다. 이전부터 마을 주민들은 댐 건설 시 공단에서 대량의 폐기물을 호수에 버렸다고 주장해 왔으며, 공단 하수 처리장의 정수 시설 역시 미비하다고 지적한 적이 있다. 호수 수질 검사에서 과불화헥산술폰산 수치가 기준의 5배가 넘게 검출됐으며, 이로 인해 마을의 수돗물에서 악취가 나고 갑상선 이상을 앓는 주민이 많아졌다는 것이 마을 쪽 주장이다. 이에 법적 손해 배상 공방이 시작됐지만 정 씨를 비롯한 공단 변호사들은 과불화헥산술폰산의 수질 기준이 권고 기준일 뿐이므로 기준치를 초과했어도 법적으로 아무 문제 없음을 내세워 손해 배상 소송에서 승소했다. 그 뒤 공단과 마을 주민 사이의 갈등이 점점 깊어졌는데, 특히 한마을에 사는 변호사 정 씨를 향한 일부 마을 주민들의 분노가 극에 달하고 있었다는 제보다. 그러나 마을 주민들은 김 씨가 폭력을 휘두른 것은 지극히 개인적인 일이며, 마을 전체와 연관 짓지 말라는 입장이다. 일부에서는 수질 기준과 관련해 더 과학적이고 명확한 기준이 필요하며, 이 기준의 부재로 피해를 본 마을에 대한 보상을 다시 한번 점검해야 한다는 목소리도 나오고 있다.

망치로 머리 깬 사건 집 다녀온 썰 푼다

작성자 : 사연 도둑

내가 한동안 좀 뜸했잖아. 이 집은 꼭 가야겠다, 하고 확 끌리는 집이 없어서 그랬어. 그런데 얼마 전에 지역 신문 기사를 봤단 말이야. 이거 주요 일간지나 뉴스에서는 거의 다루지 않아서 모르는 사람 많을 거 같은데. 내가 링크 걸어 놓은 거 한번 봐 봐. 내가 저 마을을 계속 주시하고 있었거든. 그 마을에 구조가 좀 특이한 집이 있다고 해서. 그런데 이번에 터진 사건 자료 사진을 보니까, 아무래도 그 집 근처인 거야. 오랜만에 이거다! 싶어서 당장 갔지.

그런데 뭐, 딱히 큰 거 기대하고 가진 않았어. 살인도 아니고 단순 폭행이잖아. 짜릿한 걸 기대했다기보다는 그동안 관심 두고 있던 장소에서 뭔가 일어났다는 게 기뻐서 간 거야. 장소 괴담 마니아라면 내 심정 이해할 거야. 그치?

마을에 도착한 게 저녁 여덟 시쯤인가. 마을 안에 게스트 하우스 딱 하나 있더라. 거기에 짐 풀고 넌지시 물어봤어. 김춘석 씨 아느냐고. 그랬더니 게스트 하우스 아줌마가 "아랑이네 할아버지?" 그러는 거야. 그래! 아랑이! 아랑이라고 했다니까.

다들 알지? 석 달 전 온갖 커뮤니티에 다 떠돌았던 '아랑을 찾습니다.'라는 글 사건. 서울역에 누가 프린트해서 쫙 붙였잖아. '아랑을 찾습니다.'라고. 인상착의도, 찾는 이유도 없이 '아랑을 찾습니다.'라고만 쓰여 있던 그 글. 이게 뭐냐고, 아랑이 누구냐고, 바이럴 마케팅이냐고 난리 났던 글. 결국에는 프린트 다 철거되고, 누가 붙였는지 찾아봤지만 아직도 못 찾았다고. 그런데 그 아랑이라잖아. 우연의 일치라고 하기엔 아랑이라는 이름, 좀 드물지 않나?

내가 "아랑이요?"라고 하니까 아줌마가 갑자기 입을 딱 다물더라고. 뭐가 있구나 싶었지. 밤 열두 시 넘어서, 게하 사람들 잠든 거 확인하고 장비 챙겨서 밖으로 나왔어. 그 집 찾기는 쉽더라. 구조가 워낙 특이해서, 밖에서 딱 보면 저기가 그 집이구나 금세 알 수 있어. 미리 조사를 좀 했는데, 한 채는 망치로 얻어맞은 정씨가 살던 집이고 다른 한 채는 빈집이었다고 하더라. 정 씨가 살던 집은 공단에서 관리하고 있대. 자정이 넘은 시간에도 사람이 안에서 불 켜고 뭘 하고 있더라고. 저쪽은 무리다 싶어서 빈집만 살펴보기로 했지.

손전등 하나 가지고 여기저기 살피는데, 부엌에 냉장고가 있는 거야. 빈집에 냉장고라니 이상하잖아. 저거는 뭔가 있다, 감이 딱

왔지. 냉장고를 밀어 봤더니 역시! 아래로 이어지는 비밀 통로 같은 게 있더라니까. 물론 잠겨 있었지만 내가 누구야. 문을 한두 번 따 보냐. 내가 이 솜씨로 도둑질했으면 지금쯤 한국 최고 도둑 됐을걸. 당연히 열었지. 사다리가 아래로 쭉 이어져 있기에 타고 내려갔어.

뭐랄까. 굴 같은 곳이라고 해야 하나. 꼭 전쟁 대비해서 파 놓는 개인 방공호 있잖아? 그렇게 생긴 공간이었어. 첨부한 사진은 거기서 찍은 거야. 어두워서 잘 안 찍혔지만, 봐. 벽에 쓰인 저 조그마한 낙서들. '모른 척하지 마.' '아랑아, 괜찮은 거지?' '나 어디로

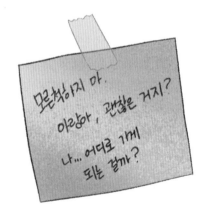

가게 되는 걸까.' 딱 저거 세 개뿐이었는데, 저기에도 아랑이라고 쓰여 있잖아! 진짜 이게 우연일까?

그리고 한 장 더. 아래 사진도 봐. 너희가 보기엔 뭐 같아? 저거 꼭, 뼛조각 같지 않아? 사람 뼈 말이야. 내가 저거 들고나오려다가, 혹시 진짜 무슨 일 난 거면 현장 보존 해야겠다 싶어서 놔두고 사진만 찍어 왔어.

이거, 망치 사건은 더 이상 문제가 아닌 것 같아. 그 집에는 분명히 뭐가 있다니까. 분명히 뭔가 숨기고 있어.

2부

2018년 10월

질문 없느냐고 선생님이 물었을 때, 멀리 교실 창밖으로 빗줄기가 쏟아지기 시작했다. 선생님이 고개를 돌려 창문을 바라보자 기다렸다는 듯 거센 빗줄기가 유리창을 두드렸다. 서른 명이 한꺼번에 뿜어내는 숨 때문인지 삽시간에 뿌연 습기가 피어올랐다. 침묵 사이로 아이들의 숨소리가 간간이 새어 나왔고 다시 그 숨소리 사이로 빗소리가 침묵을 채우는 시간이 한참이나 지속되고 있었다.

"얘들아, 가을비인데도 빗줄기가 여름보다 거센 것 같지 않니? 이 비는 지난 시간에 배운 기후 변화 현상과 어떤 관계가 있을까?"

또 저 소리. 이렇게 갑자기 소스라치게 많은 양의 비가 내리는 건 요즘 드문 일이 아닌데. 지난 시간에 기후 변화가 일으키는 사회 현상을 다룬 이후로, 선생님이 계속 강조하는 내용이기도 했다. 온난화로 곳곳에 빙하가 녹으면서 살 곳을 잃었다는 북극곰들, 잔뜩 열이 오른 지구, 빙하가 녹아서 넘치는 물 때문에 점점 가라앉는 섬나라.

선생님은 답을 기다렸지만 대답하는 사람은 없었다.

하연은 선생님의 말을 천천히 곱씹는 중이었다. 빗줄기가 점점 더 거세진다는 말이 아니라 수업 내용에 관한 질문이 더 없느냐는 말을, 하연은 아까부터 되뇌고 있었다. 꼭 하고 싶은 질문이 있는데 그걸 어떤 방식으로 물어봐야 좋을지 알 수 없었기 때문이다.

철조망을 붙든 사람들의 모습은 한참 전부터 모니터에 띄워져 있었다. '포용'이라는 개념을 설명하면서 선생님이 준비한 사진이었다. 북적거리는 사람들 무리에는 하연 또래의 10대들도 제법 끼어 있었다. '유럽으로 가자.'라는 구호가 적힌 피켓을 높이 든 사람들, 아이를 데리고 망연히 서 있는 엄마들, 뭐라고 다급하게 외치는 건장한 청년들, 여기저기 엇갈린 시선의 사람들.

하연 또래의 아이들은 그들 사이 어딘가에 끼워진 채, 사진 찍는 사람을 바라보고 있는 것 같았다. 저마다 감정을 비밀처럼 감춘 얼굴들이었다. 간간이 보이는 공허한 표정이 바람에 중심

없이 흩날리는 낙엽처럼 초점이 흐렸다. 하연은 무엇이든 질문을 하고 싶었지만, 말을 시작하자니 해야 할 말이 너무 많았다. 어디서부터 꺼내야 할지조차 알 수 없었다.

라이베리아.

인스타그램에서 만난 그 아이는 자기 고국이 그곳이라고 했다. 라이베리아.

한 번도 발음해 본 적이 없는 단어였다. 우선 그 나라를 아느냐고 선생님에게 물어야 하나. 그곳을 떠나 도망치던 아이가 말을 걸어왔다고. 그런데 아무래도 그 아이가 위험한 것 같다고. 모르긴 몰라도 이대로 가다가는 아이가 잘못된 길로 빠질 것 같다고. 그렇게 말을 해야 하나. 그러면 선생님이 믿어 줄까. 아니, 선생님이라고 뾰족한 수가 있을까.

하연의 생각이 갈피를 잡지 못하는 와중에도 빗소리는 끊이지 않고 들려왔다. 아이가 사는 곳은 아프리카 대륙에 있다고 했는데, 지구의 기온이 계속 오르면 그 아이가 사는 그곳은, 사계절이 덥다는 그곳은 찜통이 되거나 불난리가 나는 건가.

이윽고 선생님은 고개를 돌려 수업을 마친다는 말을 짧게 남기고 모니터와 책을 정리했다. 그날의 마지막 수업이었고 청소를 하고 나면 종례가 이어지므로 아이들은 부산스럽게 청소도구함 쪽으로 모여들었다. 하연도 오늘 청소 구역인 유리창을 닦기 위해 걸레를 빨러 가야 했다. 그러는 동안에도 낱말들이 자꾸만 하연의 주위를 맴돌았다.

라이베리아. 에피아. 비밀 기지. 라이베리아. 에피아. 비밀 기지…….

선생님이 문밖으로 나가 보이지 않았을 때에야 하연은 이 순간을 놓치면 앞으로는 질문할 수 있는 시간조차 주어지지 않으리라는 것을 직감했다. 다가올 각종 시험과 평가 진도를 맞추려면 이런 사회 이슈를 다루는 데 한계가 있을 거라는 말을 선생님으로부터 들어 왔던 터였다. 그러면 에피아는 이제부터 오로지 하연의 문제가 될 것이다.

하연은 지금까지 품었던 의심을 하나씩 다시 떠올렸다. 에피아는 진짜 존재하는 사람일까. 하연처럼 살가죽으로 덮이고 땀이 흐르고 피가 도는 인간일까. 정말로 그 아이는 라이베리아라는 나라 출신의 열여섯 살 난민일까. 혹시 이 무서운 세상에서 누가 없는 사람을 앞세워 장난을 치는 건 아닐까.

순간 빗자루를 들고 있던 반장이 유리창을 활짝 열었다. 유리창 주위에 고여 있던 빗물이 교실 안쪽으로 쏠려 들어왔다. 그러자 양동이로 쏟아붓는 것처럼 빗물이 한꺼번에 쏟아져 들어왔다. 놀란 아이들이 비명을 질렀다. 그렇게 왜 창문을 여느냐고 푸념하는 소리도 들렸다.

빗물이 튀었지만, 하연은 아랑곳하지 않고 일어났다. 의자 끝이 바닥을 긁는 소리가 커서 하연 쪽으로 시선이 몰렸다. 교실을 가로질러 뛰어가면서 하연은 뭐가 저렇게 급한지 모르겠다는 눈으로 자신을 바라보는 은지의 시선을 느꼈다. 에피아에 관련된 모든 건 하연과 가장 가까운 은지조차 모르는 일이었다.

하연은 교실을 나가 저만치 가고 있는 선생님을 향해 소리쳤다.

"저기 사회 샘, 질문 있어요!"

하연의 큰 소리에 선생님이 고개를 돌렸다. 놀랐지만 반갑다는 표정으로, 동그랗고 말갛고 큰 눈으로. 보는 사람으로 하여금 어떤 나쁜 감정도 들지 않게 만드는 순수의 얼굴로. 하연은 그 자리에 멈춰서 선생님의 미소를 바라보았다.

그 미소에 하연은 머리 회전이 멈춰 버린 듯 한 발짝도 더 앞으로 나아가지 못했다. 선생님의 그 얼굴은, 하연이 인스타그램 프로필에서 본 에피아와 꼭 닮았기 때문이다.

*

모든 것의 시작은 인스타그램의 '하트'였다. 이웃에 살고 어릴 때부터 단짝으로 지낸 은지가 갑자기 하트를 많이 받을 즈음이었다. 호기심에, 아니, 더 솔직히 말하자면 질투 어린 마음에, 하연은 하트 수가 갑자기 늘어난 은지의 인스타그램 게시물을 어느 날부터 유심히 보기 시작했다. 은지의 게시물은 대부분 진한 화장을 한 은지 자신의 사진으로 꾸려져 있었다.

처음에 은지는 얼굴에 직접 화장을 하지 않았다. 얼굴에 파운데이션 한번 바르지 않아도 마음껏 화장할 수 있는 온라인의 가상 세계에서, 은지는 립스틱과 눈썹의 색을 바꾸거나 일회용 렌즈에 색을 넣는 방식으로 자신의 욕망을 실컷 충족했다. 그러던 은지가 그것만으로는 욕구가 제대로 채워지지 않는 듯 정말로 진한 화장을 하고서 사진을 찍어 올렸다.

약간의 입술 화장 정도야 다른 친구들도 하니까 하연은 별로 불편하게 느끼지 않았다. 그러나 인스타그램을 하면서 은지의 진짜 얼굴은 조금씩 변해 갔다. 처음에는 립스틱 색깔만 바뀌는가 싶었던 은지의 화장 기술은 천천히 눈 화장으로, 피부 화장으로 발전해 갔다. 얼굴의 형태를 바꾸거나 진한 화장도 거리낌 없이 시도했다.

하연은 이상한 거부감을 느꼈다. 엄마가 자주 말하듯 '중학생은 중학생답고, 고등학생은 고등학생다워야 한다.'는 식의 논리는 아니지만, 나중에 어른이 되면 다 하게 될 화장을 지금부터 그렇게 공들여서 하는 이유가 하연은 잘 이해되지 않았다. 은지의 일탈도 반갑지 않았다.

　그래도 하연은 은지가 받는 하트 수가 내심 부러웠다. 그래서 하트를 많이 받는 기분이 어떠냐고 은지에게 한번 물어봤는데, 은지의 반응은 미적지근했다. 그저 퉁명스러운 목소리로 "그냥 그래."라고만 대답했다. '그냥 그래.' 한마디와 끝이 살짝 올라간 은지의 말투가 하연에게 미묘한 경쟁심을 불러일으켰다. 하연에게는 그 말이 '그냥 그런데, 아무나 받아 볼 수는 없는 거잖아.' 하는, 일종의 우월감 같은 것으로 들렸다. 잘난 척처럼.

　그래서 하연은 더 신경이 쓰였다. 하연과 은지가 공유하는 친구들은 은지에게 꾸준히 하트를 주고 있었다. 같은 반 현민이도, 재영이도, 은지더러 나댄다고 비웃던 효원이도 그랬다. 그런데 그보다 훨씬 많은 수의 모르는 사람들이 은지에게 하트를 던지고 있었다. 물론 은지에게 하트를 주는 게 아니라 은지가 만들어 놓은 'eunji0301'이라는 아이디에게 주는 거지만. 그들이 보낸 하트가 하연의 눈에는 진짜 마음처럼 보였다. 그것이 은지의 실력, 은지의 평판, 은지의 인기 같았다. 하연이 받는 하트 수가 겨우 열 개인 상황이라 하연의 자존심은 뾰족하게 일그러졌다. 은지가 하연에게 한 말과 표정이 그저 잘난 척이 아니라 진짜 잘나서 나오는 것 같았기 때문이다.

　하연이 하트를 받을 만한 콘텐츠를 발굴하려고 작정한 건

바로 그즈음이었다. 늘 곁에 함께 있는 은지도 눈치채지 못할 만큼 조심스럽게 하연은 할 수 있는 콘텐츠를 이것저것 시도해 봤다. 물론 은지가 잘하는 콘셉트는 예외였다. 은지가 하트를 받은 화장 콘셉트 같은 건 하연이 워낙 자신 없기도 했고 허락되지 않는 것을 하는 듯한 부담도 있었다.

하연은 여러 모로 다른 방법을 강구했다. 요리한 음식을 찍어 올린다든지, 책이나 영화에 대한 감상을 써 올린다든지, 집 앞 풍경을 찍어 올린다든지. 그러나 하연의 마음에도 들지 않았고 하트 수도 썩 늘어나는 것 같지 않았다. 요리는 아무리 맛있어 보이게 찍어도 너무 많은 사람들이 시도하는 콘셉트라 제대로 티가 나지 않았고, 책이나 영화를 올리려면 일일이 읽거나 봐야 해서 귀찮은 데다 좋은 작품을 고르기가 힘들었으며, 풍경은 사진 좀 찍는다 싶은 다른 친구들과 별 차이가 없다는 사실을 얼마 지나지 않아 깨달았다.

그러던 어느 날, 은지가 하연에게 "너도 해 봐."라고 말했을 때, "너 그림 좀 그리잖아."라고 했을 때, 그 작은 순간에 하연의 마음은 미세하게 움직였다. 비록 세밀화 데생 정도이지만, 예전부터 은지는 그것이 누구한테나 있는 재주는 아니라고 말해 왔다. 그도 그럴 것이, 하연은 어릴 때부터 데생이라면 좀 재능이 있었다. 미대에 가거나 천재적인 화가가 될 만큼 실력이 갖춰지

진 않았지만, 요즘 나오는 성능 좋은 태블릿에 스케치를 해서 올리는 정도의 재주는 있었다.

은지가 색으로 승부를 본다면, 하연은 색이 아닌 것으로 승부수를 던져 보고 싶었다. 색은 인간의 눈이 만들어 낸 착각이라고 배우지 않았는가. 마침 색조 화장 같은 걸로 아름다움을 모사하려는 은지에게 주는 경고가 되기도 하고. 그러니 아무래도 무채색 그림이 하연에게 가장 좋은 재료일 듯했다.

처음에 그려 올린 것은 고양이였다. 살이 적당히 오른, 작고 앙증맞은 생명체가 제일 먼저 하연의 마음에 떠올랐다. 고양이가 두툼하고 오래된 백과사전 위에서 자는 모습이었다. 그 그림을 본 사람들이 하연의 공간에 한 명 두 명 흘러들었다. 기세를 몰아 작은 쿠키 상자를 그렸다. 초코칩이 알알이 박힌 쿠키 세트와 리본 상자. 이번에는 별 반응이 없었다. 그래서 고양이 시리즈를 더 그려서 올렸다. 책상 위에 있는 고양이, 화분 옆에 있는 고양이, 베란다에서 햇볕을 쬐는 고양이, 하품하는 고양이를 그려 올렸다. 그런데 몇 번 반복되자 하연 스스로 재미가 없어졌다. 대신 다른 아이디어를 고민하는 시간이 늘었다. 사람들이 좋아할 만한, 자극적이지 않고 인간적인 느낌이 드는 거.

하연은 주로 서재에서 그런 고민을 했다. 서재는 가족이 공유하는 곳이지만, 그 공간을 쓰는 시간은 저마다 달랐다. 아버지는 주로 늦은 밤에, 어머니는 주로 새벽 시간에 쓰기 때문에 그 몇 시간을 제외하면 서재는 하연의 공간이나 다름없었다.

두껍고 귀해 보이는 양장 책들 사이에서 태블릿 불빛을 멍하니 바라보다가 하연은 뒤쪽의 책장을 둘러봤다. 머릿속에 문득 떠오른 아이디어가 있었기 때문이다. 서재에서 이어지는, 하연만 아는, 집 아래 깊은 어둠 속 비밀의 공간.

그래, 거기라면 틀림없었다. 그곳은 하연의 집 지하에 있는 것이 맞긴 한데, 아무래도 평범한 지하실은 아니었다. 흔히 생각할 수 있는 지하실은 계단을 내려가 문을 열고 시작되는 장소일 텐데, 이 집의 지하실은 비밀스러운 마법의 공간으로 가는 것처럼 생긴 입구를 지나 어둠 안에 숨어 있었다. 그래, 거기가 좋겠다.

생각 끝에 하연은 비밀 공간을 그저 모티프로만 가져오기로 했다. 비밀 공간을 동굴처럼 처리하고 이것을 하연의 그림이라는 인장으로 활용해 보면 승산이 있을 듯했다. 그 생각이 모든 것의 시작이었다.

비밀 공간은 하연의 집 안에서 딱 한 군데, 서재를 통해서만 드나들 수 있었다.

서재에는 책이 가득한 책장이 여덟 개 있었다. 그 책장들 중에서 맨 왼쪽 구석에 있는 이동식 책장을 오른쪽으로 밀면 일곱 번째 책장과 겹치면서 나무 문이 하나 나타났다. 문을 밀면 바닥으로 내려가는 좁은 사각형 철문이 보였다. 그 철문 아래로 계단이 아슬아슬하게 놓여 있었다. 전등 스위치를 켜고 아래를 내려다보면 까마득한 어둠에 눈앞이 까맣게 변한다. 비밀 공간 입구에서는 눈을 뜨지 않고 손과 발로 공간을 감각해야 하는 것이었다.

깊고 진득한 어둠. 오로지 그 어둠이 하연의 눈과 마음을 단번에 사로잡았다.

하연이 처음으로 그려 올린 것이 바로 이 비밀 공간 입구였다. 철로 만든 작은 문을 열면 언뜻 보이는 깊은 어둠, 바깥 불빛에 의존하면 언뜻 보이는 계단. 그 광경을 스케치해서 올리며 글귀를 덧붙였다.

비밀스러운 공간의 입구.

어둠 속에서 사람은 손과 발로 공간을 감각한다.

눈에 보이는 것도, 귀에 들리는 소리도 없는 이곳에서 묘한 위안을 느낀다.

보이지 않는 어둠을 헤치며 가는 길.

보이지 않는 어둠. 그 단어를 쓰면서 하연은 마음이 이상한 방향으로 공명하는 것 같았다. 비밀 공간에 갈 때마다 그런 감정을 느꼈다. 자기만의 안정된 공간, 모든 것을 따뜻하게 받아 주는 어둠. 그곳은 그런 장소였다.

이튿날, 하연은 비밀 공간의 계단을 그려 인스타그램에 올렸다. 계단이 있는 곳을 위에서 내려다보면 지그재그 모양이 되는 상상을 그려 넣었다. 그리고 설명을 붙였다.

인간의 마음에 위로의 공간이 있다면, 그것은 이런 모습이 아닐까.

나빠 보이지 않았다. 그다음 날에는 위로의 공간에 초대받은 사람을 그리기로 마음먹었다. 사람의 형체를 스케치하다가 하연은 그게 어린아이면 좋을 것 같다는 생각을 했다. 그래서 이번에는 비밀 공간으로 가는 사다리 중간쯤에 여자아이를 그렸다. 다음다음 날에는 드디어 사다리를 타고 내려가는 데 성공한 여자아이를 그렸다. 바닥에 닿은 아이의 발에 신발은 신기지 않았다. 맨발 그대로 자연스러운 모습이 좋은 것 같았다. 아이에게 하얀 원피스를 입히고, 손에는 꽃 한 송이를 쥐여 주었다. 그런데 꽃마저 검은색으로 그려지니 왠지 밋밋해 보였다. 하연은 검은 배경에 연필로 여자아이를, 아이가 입은 원피스를 흰색으로 두고, 밋밋함을 덜기 위해 꽃에 붉은 물감만 하나 톡 올려두었다. 그날 지하의 비밀 공간 콘텐츠를 스무 개쯤 올렸다.

며칠 뒤, 생각지도 못한 기적 같은 일이 일어났다. 잘 알려지지 않은 어떤 아이돌 여자 가수가 하연의 비밀 공간 아이템을 제 피드에 띄웠다. 그 아이돌은 '#예쁜그림'이라는 해시태그를 붙였는데, 그 피드를 본 다른 아이돌 겸 배우가 하연의 피드에 하트를 눌러 주었다. 그러면서 하연의 그림이 갑자기 많은 사람들의 주목을 받았다. 비밀스러운 공간의 어둠 속에서 밝게 빛나는, 하얀 원피스를 입은 꼬마가 든 장미꽃. 겨우 그 소소한 그림 하나로, 생각지도 못하게 갑자기.

그렇게 몇 달 동안 어느 시기에는 천천히, 또 어느 시기에는 빨리 팔로워와 하트 수가 늘었다. 오프라인 세계보다 온라인 세계가 몇 배는 더 중요한 이 세상에서, 그것은 사람들에게 존재 가치를 인정받는 것과 다르지 않았다.

하연이 가장 기분 좋았던 날은 은지가 관심을 보인 날이었다.

"육하연, 대단한데?"

그 말 한마디가, 하연이 팔로워 수를 늘리고 하트를 더 많이 받아야 할 동력을 만들어 주는 것 같았다.

이제 하연은 비밀 공간을 대상으로 더 큰 상상력을 발휘해 콘텐츠를 만들기 시작했다. 어떤 날에는 공간을 예쁜 정원처럼 꾸몄고, 또 어떤 날에는 땅굴처럼 보이게 만들었다. 어떤 날에는 크리스마스트리가 놓였고, 또 어떤 날에는 세상이 전쟁으로 혼돈에 빠져도 안전할 비밀스러운 장소가 되었다.

아이템이 고갈되어 가던 어느 날 하연은 무엇이든 말하면 그려 주겠다고 사람들에게 선언했다. 그러자 사람들은 기다렸다는 듯 자신들이 원하는 비밀스러운 공간의 모습을 그려 달라고 댓글로 요청했다. 공간에 갇힌 수도승은 어떻겠느냐는 제안부터, 공간이 투명 벽이 되는 마술 같은 순간에 대한 아이디어, 다양한 모습의 귀신으로 가득한 비현실적인 공간을 그려 달라는 말까지, 생각지도 못했던 의견들이 쏟아져 나왔다.

하연에게 어떻게 그런 비밀 공간을 그릴 생각을 했는지 댓글로 묻는 사람들도 있었다. 집 아래에 진짜 그런 공간이 있다고 사실대로 말할 수는 없는 까닭에 하연은 상상의 결과라고 답신을 달았다. 얼마 후엔 감당하기 힘들 만큼 문의 댓글이 많아져서, 하연은 일일이 답신조차 달지 못하게 되었다.

다이렉트 메시지로는 사람들의 사연이 구구절절 전해졌다. 하연은 숨고 싶은 사람들이 많기 때문일 거라고 생각했다. 몇 살 인지, 뭘 하는 사람인지, 남자인지 여자인지도 모르는 하연에게 사람들이 그런 이야기를 털어놓고 있었다. 숨을 공간이 필요하다고, 어디로든 숨고 싶다고.

에피아가 말을 걸어왔을 때도 하연은 대수롭지 않게 여겼다. 에피아는 처음에 투박한 메시지를 보내왔었다. 'Hello'라고. 그 말이 하도 간략했고, 에피아의 사진이 하도 소박해서, 에피아의 웃는 얼굴이 나쁜 사람 같지 않아서, 하연도 짧게 답장을 보냈다. 'Hello'라고.

그러니까 에피아라는 사람이 하연에게 어떤 영향을 끼치기 시작한 것은, 그 한 단어 때문이었다. 헬로. 이 단어가, 이 단어 옆에 붙은 동그라미 속 에피아의 환한 미소가, 어쩐지 너무나 슬프게 보였기 때문이다.

*

며칠 전 하연은 침대에 누워 있다가 문득 에피아가 생각났다. 라이베리아. 그 단어가 선명한 빛깔을 띄고 하연의 마음으로 들어오는 느낌이었다. 에피아가 연락을 해 온 날 에피아에 관해 하연이 얻은 정보는 하나뿐이었다. 에피아가 동생, 이웃집 언니와 함께 집을 탈출해 도망을 다니고 있다는 거였다. 도망치지 않으면 안 되는 상황인데, 상황이 워낙 급박하게 돌아가는 탓에 지금은 설명해 줄 수 없다고 했다.

에피아는 링크를 하나 보내면서 간단히 설명을 대신하겠다고 했다. 그 링크를 따라 들어가자 영국 BBC 뉴스의 헤드라인 기사가 연결되어 있었다. 기사 제목은 'exodus of African refugee'였다.

뉴스 영어는 정말이지 너무 빠르고 알아듣기 힘들었다. 하연은 그 글을 복사해 구글 번역기에 돌려 읽었다. 한국어 번역은 문장 배열이 자연스럽지는 않았지만, 주어진 단어들 속에서 대강의 뜻은 찾아 읽을 수 있었다. 에피아가 보낸 링크의 기사는 몇십 년 동안 이어지고 있는 난민 행렬에 관한 내용이었다. 그들은 자기가 살던 마을과 고향을 떠나 북아프리카로, 또는 더 멀리 유럽으로 떠나고 있다고 했다. 어린아이부터 노인들까지, 자기가 살던 곳을 버리고 아무것도 없는 채로 떠나는 여행길에 기꺼이 오른다니. 하연은 지구 저편에서 펼쳐지는 전혀 다른 세상에 대한 놀라움과 두려움을 느끼며 그 글을 읽었다.

에피아가 궁금해서 아프리카를 떠올려보긴 했지만, 아프

리카는 정말 낯선 곳이었다. 어둑어둑한 서재에서 하연은 노트북의 하얀 화면에 의존해 라이베리아를 검색했고, 그 나라에 관한 기본적인 상식을 설명해 주는 여러 글을 하나하나 읽어 내려갔다.

라이베리아는 아프리카 서부에 있는 나라로, 북대서양과 면해 있다. 국가 이름인 라이베리아는 자유를 뜻하는 라틴어 단어 'Liber'에서 유래했다고 했다. 아프리카 국가인데 영어가 공용어라는 점이 특이했다. 미국의 식민 회사가 해방 노예를 이주시켜 나라를 건설했기 때문이라고 한다. 그러고 보니 에피아도 영어를 정말 잘했다. 에피아는 영어를 할 줄 알면 난민들이 필수 정보를 얻는 페이스북에서 질 좋은 정보를 빠르게 구할 수 있다고 했다. 어디서 새로운 유심칩을 구하는지, 어느 방향으로 도망쳐야 하는지 빨리 알게 해 준다고 했다.

라이베리아에 관한 여러 자료를 읽다가 아주 흥미로운 점을 발견하기도 했다. 미국에서 해방된 흑인들이 국가를 세운 뒤에 법 제도를 미국과 비슷하게 만들었다는 사실이었다. 미국에서 온 흑인들이 상위 계급을 차지하고는 라이베리아 지역에 살고 있던 원주민들을 차별했다고 한다. 미국에서 차별받던 흑인들이 돌아와 다시 계급을 나누고 나라의 제도를 미국의 법에 따라 만들었다니. 인간이란 참으로 이율배반적인 존재가 아닐 수 없었다.

1년 내내 덥고, 미국식 대통령제를 실시하며, 수도는 몬로비아이고, 흑인만 라이베리아 국적을 얻을 수 있다는 독특한 내용도 지나쳤다. 하연이 가장 궁금해하는 건 검색으로는 나오지 않는 모양이었다.

에피아는 지금 어째서 도망가고 있는 걸까. 전쟁이라도 일어난 걸까.

라이베이아에서는 내전이 이어졌다고 한다. 부정 선거와 민족 학살, 폭동과 독재가 거듭되면서 혼란이 끊이지 않았다고 한다. 에피아가 건넨 BBC 기사도 그런 혼란상을 다룬 내용이니, 에피아도 그로부터 도망치는 게 틀림없었다. 공간적으로 멀리 떨어져 있는 하연이 할 수 있는 일은 이런 정보를 찾아 읽는 게 전부였다.

그 후에 에피아에게서 메시지가 몇 개 더 왔다.

에피아가 유일하게 갖고 있는 물건은 도망치던 날 아버지가 손에 쥐여 준 휴대폰이고, 수많은 도망자들이 sns에서 정보를 공유하며, 같은 나라 사람들이 휴대폰을 건네주는 비밀 장소가 있다고 했다.

그런데 아무리 생각해도 에피아의 아버지는 이상한 사람이었다. 자기는 도망치지 않으면서, 딸더러 이웃집 언니와 함께 도망치라고 했다니. 어떤 아버지가 딸을 그렇게 방치하나. 에피아를 둘러싼 많은 것이 수수께끼 같았다.

하연은 자꾸만 에피아가 생각났다.

잠을 잘 때도, 도망치는 꿈을 꿀 때도, 비슷한 뉴스를 볼 때도, 수업 시간에도.

하연은 한숨을 푹 내쉬고 휴대폰을 열어 인스타그램을 확인했다. 에피아가 아직 메시지를 읽지 않아서, 하연의 메시지만 푸른 창에 띄워져 있었다.

— 너는 지금 무엇으로부터 도망치고 있는 거야? 대체 무엇으로부터.

하연은 태블릿을 열어 스케치를 시작했다. 에피아와 에피아의 동생으로 보이는 꼬마, 이웃집 언니, 셋이서 함께 비밀의 공간 계단을 내려오는 모습을 그렸다. 웃고 있는 세 사람. 그들의 손을 잡아 주려고 손을 뻗는, 원피스를 입은 여자아이.

그림을 완성한 뒤에 하연은 서재 바닥에 그대로 누워 잠에 빠졌다. 꿈에서 하연의 손을 잡는 에피아를 어렴풋이 본 것 같았다. 잠에서 깨어났을 때 하연은 에피아가 지하 비밀 공간에 들어온 것까지를 기억해 냈는데 그 후에 어떤 꿈이 이어졌는지는 전혀 기억나지 않았다. 하연의 손을 잡은 사람이 에피아가 맞는지도 불분명했다. 그 정도로 에피아는 하연에게 무의미한 인연인데, 어째서 자꾸만 에피아가 궁금해지는지 하연은 알 도리가 없었다.

*

인스타 팔로워와 하트 수를 체크하는 일은 이제 하연에게 하루 중 가장 중요한 의식이 되었다. 학교에서는 규정상 휴대폰을 마음대로 볼 수 없기 때문에, 의식을 치를 수 있는 시간은 수업이 끝난 후 집에 돌아올 때까지의 짧은 시간이었다. 학교에서 집으로 돌아오다가 편의점에 들러 콜라나 요거트를 사서, 밖이 내다보이는 길고 높은 탁자에서 하연은 온라인상의 변화를 관찰했다. 콜라 같은 탄산음료는 손에 쥐기 좋았지만 한꺼번에 먹기가 부담스러워서, 하연은 주로 요거트나 커피 우유를 먹었다. 그렇지만 하연의 어머니는 카페인을 금기시하기 때문에 집 근처에 있는 이 편의점을 이용할 때는 늘 신경을 곤두세워야 했다. 혹시라도 어머니에게 걸리면 혼이 나니까.

그런데 작은 숟가락으로 요거트를 떠서 막 입에 넣는 하연의 눈앞에 아까부터 어기적거리며 왔다 갔다 하는 노인이 있었다. 걸음이 유난히 느리고 옷매무새가 너무 초라해서 멀리서도 눈에 띌 것 같은 모양새였다. 군대에서 입을 법한 겨자색 낡은 재킷으로 휜 몸을 가두듯 구부정하게 선 노인은 철통을 하나 들고 있었는데, 그 철통은 하연이 한 번도 본 적 없는 옛날 물건 같았다. 철통은 노인의 손바닥보다 조금 큰 정도였는데, 입구는 뚜껑으로 닫혀 있었다. 이상하긴 했지만 하연이 아는 사람은 아니어서 그냥 무시해 버렸다.

하연은 다시 휴대폰으로 눈을 돌렸다. 인스타그램 앱을 열고는 메시지가 와 있는지부터 점검했다. 요즘은 에피아에게서 무슨 소식이 오지 않았는지가 다른 무엇보다 궁금했다.

에피아가 도망가는 중이라는 말을 한 뒤로 하연은 난민에 관련된 뉴스라면 무엇이든 귀를 기울였다. 사실 프로필 사진 속 에피아와 닮은 아이들은 조금만 관심을 쏟으면 어디서든 볼 수 있었다. 그들에 관한 소식은 뉴스에도 나오고 신문에도 나오고 가끔 인터넷 포털에서 볼 수 있는 유엔난민기구의 홍보물 속에도 나왔다. 그 아이들이 전부 에피아의 친구들인 것 같아서 하연은 마음이 쓰였다. 가끔 눈이 없거나 피부가 함몰되거나 다리를 저는 아이들을 볼 때, 하연은 그 아이들이 에피아의 동생이나 친구들일 것 같아서, 혹은 에피아일 것 같아서 마음이 저렸다. 그래서 그런 사진들을 볼 때마다 하느님, 부처님, 알라신이

나 그들이 믿는 어떤 신들에게, 그 누군가에게라도 에피아가 무사하게 해 달라고 기도했다.

아무것도 모르는 은지는 하연에게 그림 좀 바꾸라고 자꾸 채근하는 메시지를 남겨 놓았다. 그런 그림만 올리면 지루해질 테고 지루한 건 아무에게도 인기가 없다면서. 은지의 화장술이 효력을 다해 가고 있기 때문에 모르긴 몰라도 은지 역시 sns에 스트레스를 받고 있는 듯했다.

에피아에게서 온 연락은 없었다. 벌써 사흘째였다.

하연은 메시지를 자꾸만 새로 고침 했다. 아무 연락이 없었던 게 맞는지, 에피아는 하연이 마지막으로 보냈던 메시지를 아직 읽지도 않았다. 그 점이 내내 마음에 걸렸다. 뉴스를 여러 차례 찾아본 결과, 사흘은 아프리카 대륙에서 무슨 일이 생기기에 충분한 시간이라는 걸 알게 되었기 때문이다.

그런데 하연에게 에피아보다 훨씬 현실적인 문제여서 가슴이 철렁 내려앉는 일이 바로 일어났다. 편의점을 나와 모퉁이를 돌았을 때, 하연은 편의점 창밖으로 지나가는 철통 노인이 자기 집 앞에서 서성거리고 있는 모습을 보았다. 머릿속이 백지장처럼 하얗게 변한 채 걸음을 멈췄다. 곧이어 심장이 쿵쾅거렸고 어머니와 아버지가 걱정됐다. 돌아서 도망을 가야 하나 고민했다.

때마침 하연을 발견한 노인이 하연 쪽으로 몸을 돌렸다. 하연은 정말 도망가려고 두어 번 뒷걸음질 치다가 멈췄다. 편의점에서 봤던 대로라면 노인은 걸음이 느리고 다리도 불편했다. 하연을 해칠 만큼 재빠르거나 힘이 세지 않은 것이 분명했다. 그렇다면 너무 겁먹을 필요까지는 없었다. 생각을 거듭하다 보니, 하연이 주먹을 꽉 쥐었던 손의 힘이 약간 풀리는 느낌이었다.

노인이 입을 열었다.

"아가."

깊은 속에서 터지는 낮고 음산한 음성. 하연의 눈빛에 어린 두려운 기색을 알아차렸는지, 노인이 말을 이었다.

"나는 너를 해치지 않아."

하연이 멈춰 섰다. 잠시 침묵이 흘렀다. 하연은 발을 뗄 수도, 노인에게 다가설 수도 없었다. 노인은 어정쩡하게 서 있는 하연에게서 시선을 돌려, 집을 올려다보며 말했다.

"여기가 육대환의 집이겠지?"

하연은 그 말을 듣고 대문 쪽을 올려다봤다. 예전에 할아버지의 문패가 있던 그 자리에 지금은 주소가 적힌 아크릴 판만 붙어 있었다. 이미 오래전, 하연이 어릴 때 병환으로 세상을 떠난 할아버지 이름을 언급할 사람은 많지 않았다. 노인이 할아버지를 이미 알고 있다는 뜻이었다.

"그분을 아시나요?"

노인이 빙긋 웃으며 말했다.

"그럼, 네 할아버지 아니냐."

하연은 모르는 사람에게 쉽게 정보를 넘길 만큼 허술하지는 않았다. 개인 정보 보호에 대해서라면 얼마나 충분히 교육받았는가.

"누구신데요?"

"나는 네 할아버지와 함께 베트남에 갔었다. 대환이는 아주 올곧은 사람이었지. 대환이가 나를 이 동네로 오게 해 해 주었고."

하연은 경계를 풀지 않았지만 노인이 동요하지 않고 차분히 말을 이었다.

"그때가 참 좋았다. 대환이와 함께 살던 시절 말이야. 그런데 대환이가 베트남에서 병을 얻었지. 가끔 호흡이 가쁘거나 숨을 쉬지 못할 때도 있었다. 그렇지만 참 좋은 시절이었어. 용태를 낳고 얼마 안 돼서 용태 엄마가 죽었는데, 그래도 의연했지. 네 할아버지는 좋은 사람이었다. 용태 역시 똑똑하고 의젓한 아이였고."

노인의 말은 틀림없었다. 하연의 할아버지는 가끔 숨을 쉬지 못했는데, 전쟁 후유증이라고 말했다. 할아버지가 세상을 떠날 때까지 하연의 아버지는 바로 그 점을 걱정했다. 주무시다가 숨을 못 쉬고 갑자기 돌아가실 것 같다고. 그래서 아버지는 아침에 일어나자마자 할아버지를 보러 가곤 했다. 하연이 어릴 때 일이지만 그 기억은 또렷이 남아 있었다. 그렇다면 이 정도 정보는 흘려도 되지 않을까.

"할아버지는 돌아가셨어요."

노인은 '흠' 하는 소리를 내더니 물었다.

"경림 씨가 많이 놀랐겠구나. 경림 씨는 살아 있느냐?"

경림 씨라니. 하마터면 그 이름은 모른다고 생각해 버릴 뻔했다. 하연은 다시 노인을 살피고는 입술을 꾹 깨물었다.

"말하고 싶지 않으면 하지 않아도 된다. 나는 너를 보러 온 게 아니라 용태와 이야기를 하고 싶어서 왔으니까."

하연은 노인을 올려다봤다. 저 노인을 진짜 믿어도 될까. 설사 아버지와 아는 사람이라고 해도 굳이 정보를 줄 필요가 있을까.

노인이 말을 이었다.

"너는 용태나 혜정이 딸일 테니까. 그 아이들도 너처럼 경계심이 많았었지. 혜정이 딸인가? 어릴 때 혜정이 모습과 많이 닮았구나."

노인이 그 말을 마치자마자 비가 쏟아질 것처럼 마른하늘 저 멀리에서 천둥소리가 들려왔다.

그렇다고 해도, 저런 행색의 노인이 짚어 말하고 있는 사람들이 정말로 하연의 할머니 고경림 씨라면? 아버지 육용태와 고모 육혜정이라면? 머릿속에서도 천둥이 치는 것 같았다.

하연은 휴대폰을 들고 있는 손을 꼭 쥐었다. 습기 때문인지 주먹 쥔 쪽 손바닥이 흥건히 젖은 느낌이었다. 이 낯선 노인은 누굴까. 뭔가를 추적하고 있는 건가. 내가 경계해야 하는 사람일까.

"고모는…… 결혼을 하지 않았어요."

"그렇구나. 그 녀석, 아주 똑똑했지."

할아버지는 하연의 집을 한번 휘 둘러보더니 힘을 주어 말했다.

"용케도 잘 버텼구나. 휩쓸리지 않고 잘 버텼어. 너희 집이 버텨 주었으니 다른 집들도 아마 잘 버티고 있겠지."

하연은 노인의 시선을 따라 눈길을 돌렸다. 노인은 하연의 집과 나란히 늘어선 몇몇 단독 주택 뒤쪽으로 들어선 아파트 단지를 보고 있었다. 아파트 단지와 하연의 낡은 집이 있는 마을 사이에는 풀숲이 담장처럼 이어져 있었다. 하연의 집은 마을에서도 입구에 위치했다.

버티다니, 그게 무슨 말인지.

저 고층 아파트 단지가 들어서기 전에 하연의 부모님은 많은 사람들한테 협박에 가까운 제안을 들었다. 아버지는 이 집은 절대로 헐어 버릴 수 없다고 주장했다. 그럴 때마다 사람들과 큰 소리로 마찰을 빚었다. 어느 날 하연의 이웃 서너 집이 모여 반상회 같은 걸 한 뒤로는 찾아오는 사람들이 없었다.

이 집 팔고 보상금을 받아 아파트로 갈 수도 있다는데, 아버지는 대체 무슨 이유로 이 집을 이대로 두려 하는지 하연은 궁금했다. 다만 은밀하고 부산스러운 이웃들과의 모임이 하연에게는 그걸 궁금해하면 안 된다는 상징처럼 보였다. 결국 하연의 집뿐 아니라 주변의 집들도 팔지 않았고, 하연과 부모는 이사를 가지도 않았다. 은지네도 동네에 그대로 남았다. 하연은 은지에게 이에 대한 고민을 털어놓기도 했다. 아파트에도 살아 보고 싶다고, 너희 집과 우리 집은 어째서 이사를 가지 않는 거냐고. 역시나 은지의 반응은 워낙 시큰둥해서 재미가 없었다.

고층 아파트들은 하연의 집을 둘러싼 서너 집 주변으로 길을 놓고 공사를 시작했다. 공사 소리로 시끄러워 잠을 이루지 못하는 날마다 하연은 부모님과 이웃집 대표자들을 탓했다. 돈도 번다는데, 아파트 생활도 해 보고 싶은데, 이 집을 팔지 않는다는 게 도무지 합리적으로 느껴지지 않았다. 바보들, 바보들. 하연은 그렇게 부모와 이웃 어른들을 한심하게 느끼곤 했다. 섬처럼 외따로 떨어진 이 마을이 지긋지긋한 건 덤이었다.

그런데 이 노인은 그 상황을 자랑스럽게 느끼는 듯했다. 하연은 노인이 어떤 사람인지 궁금해졌다. 어째서 집 앞을 서성이는지, 무슨 연유로 할아버지와 할머니를 알고 있는지 그리고 하연이 누구인지 어떻게 추측할 수 있었는지. 갑자기 나타난 노인으로 인해 앞으로 어떤 일이 벌어지게 될지 하연은 궁금해졌다. 하지만 그런 내색을 쉽게 하지는 않았다. 하연은 분위기를 살피며 어떤 말도, 어떤 질문도 하지 않았다. 그것이 하연과 하연의 집에 득이 될지 해가 될지 누구도 알 수 없는 일이니까.

그때 휴대폰 진동이 울렸다. 인스타그램 메시지가 도착했다는 알람이었다. 집의 외관을 구경하는 데 정신이 팔려 있는 노인의 시선을 피해 하연은 휴대폰으로 눈길을 돌렸다. 그토록 기다렸던 에피아였다. 다행이라는 생각과 함께 안도의 한숨을 크게 내쉬었다. 아직 살아 있구나, 잘 살아 있구나. 에피아는 잘 지내고 있다고 하연에게 첫마디를 썼다.

— 나는 모리타니를 거쳐 지금은 알제리의 시골 마을에서 지내고 있어. 나라를 거치면서 유심칩을 건네줄 사람들을 찾아다니느라 연락이 조금씩 느린 거야. 너의 그림은 잘 봤어. 그게 비아 언니와 미타와 나라는 걸 깨닫고 환하게 웃었어. 너의 비밀기지가 나는 늘 부러워. 그런 곳이 있으면, 나는 조금 더 살아갈

수 있을 것 같아.

달그락거리는 소리에 하연이 고개를 돌렸다. 노인이 들고 있던 철통에서 나는 소리였다. 대체 저 낡은 철통은 밥그릇인가 물그릇인가. 지금도 쓸 수 있긴 한 건가? 하연은 노인의 얼굴과 에피아의 메시지를 번갈아 바라봤다. 에피아의 영어 메시지를 해석할 시간이 필요한데 의심스러운 노인이 통 눈앞에서 사라지지 않으니 괜스레 마음이 급해졌다. 다시 휴대폰에 눈길을 주었을 때, 노인이 하연 쪽으로 돌아서서 물었다.

"네가 몇 살이냐?"

"열여섯인데요?"

노인이 '흠' 소리를 내다가 말했다.

"그렇다면 너도 알고 있겠구나. 너희 집 아래, 벙커로 이어지는 통로. 알고 있지?"

"벙커요?"

심장이 쿵 하고 내려앉는 기분이었다.

"그래. 집 아래로 이어진 곳. 그 안에 들어가면 우리가 만들어 놓은 것들이 있다. 대환이는 머리가 비상한 놈이라 생활 도구도 넣어 두었지."

노인이 말하는 벙커가 하연의 비밀 공간을 뜻한다는 것을,

하연은 단번에 깨달았다. 이게 다 무슨 말인가 싶었다. 나만 알고 있어야 하는 공간 아닌가. 순간 가장 깊이 느껴지는 감정은 좌절이었다. 하연만의 비밀 공간이 사실 비밀이 아닌 공간이었다는 것. 그것에서 나오는 깊은 절망감.

"세상이 다시 핏발을 세우고 있어. 틀림없이 곧 전쟁이 날 것 같아."

아무래도 이 노인은 치매에 걸렸거나 정신이 이상한 사람이 틀림없다고 하연은 생각했다. 전쟁이 날 것 같다니, 아프리카도 아니고 대한민국에서? 이 평화로운 오후에?

하연은 진동이 울리는 휴대폰으로 시선을 돌렸다. 에피아가 계속 글을 쓰고 있다는 표시로 동그라미 여러 개가 줄지어 깜빡였다.

— 네 질문에 답을 좀 하자면, 나는 지금 모든 것에서 도망치고 있는 중이야. 자유를 위해서. 집에 있다가는 나쁠 뿐만 아니라 여동생도 당하고야 말 테니까.

invaded.

하연은 그 단어를 배운 적이 있었다.

당한다. 침략당한다.

하연의 입에서 그 단어가 튀어나왔다. 침략당한다.

복잡한 마음을 감추지 못한 채 하연이 고개를 들었다. 노인은 하연이 사는 집 너머를 천천히 둘러보는 중이었다. 노인도 하연의 생각을 침략하고 있었다. 굳건했던 믿음이 와장창 깨지는 중이었다.

이렇게 있다가는 동생까지 당하고 말거라는 에피아, 21세기 대한민국에 전쟁이 나고야 말 거라는 이상한 노인 그리고 이 이상한 상황 속에서 멀뚱히 서 있는 하연. 모든 것을 차치하고서라도, 그러니까 하연만의 비밀 공간은 모두가 아는 곳이라는 건가.

아버지와 어머니는 하연과 함께 사는 열여섯 해 동안 단 한 번도 그곳에 관해 하연에게 이야기해 주지 않았다. 그곳이 비밀 공간이 아니라는 걸 알게 되니, 또 정작 하연이 이 공간을 알고 있다는 사실을 알고도 놀라지 않는 사람을 마주치게 되니, 하연은 어째서 부모님이 한 번도 비밀 공간—그러니까 노인의 말에 의하면 벙커—에 대해 이야기를 꺼내지 않았는지 궁금해졌다. 언젠가 하연이 그곳을 찾아낼 수 있을 거라고 생각했던 것인지, 아니면 시간이 좀 더 지난 후에 하연에게 그 공간을 직접 알려 줄 생각이었는지.

돌이켜 보면 하연이 비밀 공간의 입구를 발견한 날은 모든 게 예사롭지 않았다. 하나부터 열까지 전부 다 꼬인 날이었다. 지각을 했고, 수업 시간에 잠을 자다 선생님께 꾸중을 들었고, 집에 들어왔을 때는 아무도 없었고, 서재에는 불이 켜져 있었다. 마치 하연을 기다리고 있듯이, 비밀스럽게.

하연은 불빛을 따라 서재에 들어갔다. 책상 위에 있는 낯선 스탠드에서 새어 나오는 은은한 붉은색 빛이었다. 그 불빛 아래서 하연은 오래전에 그려진 서재 설계도를 발견했다. 아버지가 놓고 나갔나 보네, 하고 하연은 설계도를 본체만체 서재를 빠져나갈 생각이었다. 그런데 열어 둔 창문을 통해 바람이 불어 그 낡은 설계도가 쉬지 않고 나폴거렸다.

설계도에는 할아버지의 이름이 적혀 있었다. 할아버지는 공학도였다고 하는데, 공학에 아무런 관심이 없는 철학과 교수인 아버지가 낡은 설계도를 서재의 책상에 올려 두다니. 하연은 그런 생각을 하며 설계도를 한참 동안 들여다보다가, 검은 공간 하나를 발견했다. 처음에는 그게 무엇인지 단순한 호기심이 일었고 나중에는 정말 그런 게 있을지 궁금해졌다. 모르는 척 무심히 밖으로 나가 보려고 하다가도 자꾸 눈길이 갔다. 오래된 비밀 문서 같은, 낡지만 잘 보존된 이상한 설계도. 하연은 그 설계도에서 눈을 떼지 못하다가 성큼 일어나 여덟 번째 책장을 향해 갔다.

그날의 묘한 분위기가 다시 떠올라 하연은 소름이 돋았다. 곳곳이 해지고 끝이 부서진 설계도를 보게 된 것도, 그 속에서 검은 공간을 발견하곤 자연스레 책장을 열게 되었던 것도, 그곳에서 진짜 비밀 공간의 입구를 찾아낸 것도, 모두 우연이 아닐 수도 있다는 걸까.

"지금을 위해 벙커를 다 유지하기로 약속했지. 용태는 잘 지키고 있을 거라고 생각했다."

멋쩍게 웃어 보이며 돌아서는 그 노인을, 하연은 망연히 바라보고만 있었다.

정말 모든 게 다 비현실적이었다. 노인이 말하는 그 벙커가 하연이 아는 비밀 공간이 맞느냐고 물어볼까 생각하다가 관뒀다. 거길 어떻게 아느냐고 물어보면 하연만의 비밀스러운 공간을 들킬 것 같아 싫었고, 그곳의 생김에 대해 이것저것 물으려면 이런저런 이야기를 좀 더 나눠야 할 것 같아서 싫었다. 그런데 노인은 마치 하연의 그런 혼란스러운 속사정을 이미 알고 있다는 듯, 하연을 향해 고개를 끄덕이곤 천천히, 왔던 길을 되돌아 떠나갔다.

그 사이 에피아에게서는 다른 메시지가 이어 도착해 있었다.

— 오빠의 친구들이 매일 집에 와서 내 몸을 자꾸 탐했어. 우리 오빠도 군대에 갔으니까 옆 마을 아이들의 몸을 하나둘 탐하고 있을 거야. 이웃집 언니가 도망치자고 했을 때, 내 동생은 아직 아주 어린아이의 몸이었어. 남자들은 여동생의 몸이 무르익을 때까지 기다리겠다고 했어. 나는 내 동생까지 당하게 하고 싶지 않았어. 그것은 너무 끔찍하고 잔인하고, 아파.

하연은 영어사전 앱을 켰다.

invaded.

침범당하다. 침략당하다. 침해당하다.

desire.

소망하다. 원하다. 희망하다. 그리고, 탐하다.

painful.

아프다, 고통스럽다.

그들이 에피아의 몸을 '침략'했고, 마을에 남은 여자아이들의 몸을 '탐'했고, 그래서 에피아가 '고통스럽다'.

크고 긴 한숨과 분노가 하연의 마음 아래서 끓어올랐다. 하나하나, 차례차례, 남아 있는 아이들의 몸을 탐해 침략하고 있다는 건가. 그건 외부의 전쟁보다 훨씬 더 질기고 무서운 것, 훨씬 더 잔인한 것.

메시지는 그것으로 끝났고 에피아가 다시 메시지를 입력하고 있다는 신호는 더 이상 없었다. 또 어디론가 도망을 가고 있을 에피아. 날마다 생과 사를 가로지르며 온몸을 세상에 내놓은 에피아. 끔찍하고 잔인한 아픔으로부터 자유로워지기 위해 자유의 나라라고 이름 지어진 고향에서 도망치는 여자아이.

정말이지 눈앞에 벌어진 모든 것이 허공에 띄워진 얘기처럼 멀게 느껴졌다. 에피아도, 노인도, 오늘 일어난 일들도, 모든 게. 어느 먼 우주, 혹은 한 번도 가 본 적 없는 오지의 이야기처럼, 그러니까 기이한 일들이 하연에게 생겨난 게 아니라 오히려 하연이 기묘한 공간에 숨어든 것 같은 느낌. 그렇게 하연의 일상이 뭔가 정상적이지 않은 방식으로 돌아가는 느낌이었다. 이 비현실적인 세상에서, sns의 하트 수가 대체 무슨 소용이 있는가. 하연은 처음으로 그런 생각을 했고, 손에서 휴대폰을 내려놓았다.

그토록 모든 것에 무심한 듯한 은지가 하연보다 더 어른스러워 보여서, 겨우 하트 수와 비밀 공간에 집착하는 게 하연의 전부인 것 같아서, sns와 암흑에 갇힌 좁고 답답한 그 세상만이 자신의 세계인 것만 같아서, 그게 하연이 아는 세계를 규정하는 짓 같아서……. 하연은 그것에 관련된 어떤 것도 더는 보고 싶지 않았다.

*

에피아는 자신의 생활에서 벗어나고 싶다고 했다. 그래서 비밀 공간이 필요하다고. 자신이 쉴 수 있는 때는 겨우 sns를 하는 시간뿐이라고. 그래서 하연의 비밀 공간을 보는 것만으로도 위로를 받는다고 말했다. 에피아는 하연의 공간을 특별하게 느꼈다.

— 그곳은 단순한 공간이 아냐.

에피아는 그렇게 말했다.

— 네가 있는 그곳은 흔한 비밀 공간이 아냐. 마치 전장에서 처럼, 비장하고 비밀스러운 작전이 펼쳐지는, 그런 비밀 기지인 거지.
  도전과 모험이 시작되는 곳. 적을 이기리라는 희망이 샘솟는 곳, 나를 지켜 주는 곳. 그런 곳이야, 비밀 기지는.

에피아의 그 말은 하연을 줄곧 따라다녔다. 그때부터 하연에게 그 공간은, 정말 뭔가 비밀스러운 일들이 벌어지는 곳처럼 느껴졌다. 비밀 기지, 그 단어가 무척이나 마음에 들었다.

하연은 웅크리고 앉았다. 여전히 긴장이 풀리지 않았고, 시야는 온통 암흑이었다. 멀리서 차 소리가 간간이 들리는, 평온한 밤이었다. 어제와 다를 것이 하나 없는, 그런 평범한 날이었다.

너무 끔찍하고 잔인하고 아파.

하연은 에피아가 사는 나라에서 일어나는 일을 더 구체적으로 찾아보기로 했다. 백과사전이 알려 주지 않았던 것들을 찾아보기 위해 구글의 영문 뉴스를 찾아 번역기를 여러 번 돌렸다. 한국의 고등학교에서는 이런 진짜 영어를 제대로 교육시키는 법이 없다는 데 분통이 터졌다.

그렇게 꾸역꾸역 '라이베이아'와 '강간'을 검색어로 구글 검색창을 뒤적이다가 의미 있는 뉴스를 발견했다. 작은 조각 뉴스였는데, 라이베리아의 대통령이라는 사람의 얼굴이 띄워진 평범한 기사처럼 보였지만 실상은 라이베리아에 가장 흔한 범죄 중 하나가 성폭행이라는 내용이었다. 다시 잘 읽어 보자면, 라이베리아에서 어린 여자들이 강간을 당하는 일은 흔하고, 아들을 데리고 있는 가족은 강간범을 두고 있을 확률이, 딸을 데리고 있는 가족은 피해자를 두고 있을 확률이 높다고 했다.

— 우리 오빠도 군대에 갔으니까 옆 마을 아이들의 몸을 탐하고 있을 거야.

인터넷으로 찾은 자료 위로 에피아의 말이 겹쳐 보이는 것 같았다.

— 나는 도망쳤어. 내 동생까지 당하게 하고 싶지 않았어.

그리고 에피아는 이렇게 말했다.

— 나는 나와 내 동생을 위해 싸울 거야.

에피아는 사진을 한 장 보내 왔다. 몸집보다 큰 군복을 입고 총을 들고 있는 소녀의 모습이 담긴 사진이었다. 에피아는 그렇게 되겠다고 말했다. 그게 자신과 자신의 동생을 지키는 유일한 방법이라고 했다.

하연이 있는 방은 따뜻한 기운이 감돌았다. 갑자기 추워진 날씨에도 버틸 수 있는 건 계절 변화를 잘 대비한 부모님의 탄탄한 집이었다. 안온하고, 평화롭고, 따뜻한, 비밀 공간. 하연과 에피아의 너무 다른 상황이 어쩐지 끔찍하게 느껴졌다.

'틀림없이 곧 전쟁이 날 것 같아.'

그곳을 오래 알고 있었다는 듯 낡은 군복 차림의 노인은 이렇게 말했다.

갑자기 유성우처럼 핵폭탄이 날아든다거나, 쾅쾅 소리가 난다거나, 하늘 위에서 헬기로 총기가 난사된다거나, 마을이 쑥대밭이 되고 사람들이 죽는……. 티비에서 봤던 전쟁을 노인은 말하는 것이었을까. 하연으로서는 짐작조차 할 수 없는, 지금 에피아가 겪고 있는 그런 전쟁을 말하는 걸까.

하연은 '전쟁'에 대해 검색했다. 놀랍게도 지금 이 시각에도 벌어지고 있는 전쟁들을 쉽게 목격할 수 있었다. 정부가 민주화 운동을 진압하면서 시작된 시리아 내전, 이슬람 종파들 간의 대립이 시작점이었다는 이라크 전쟁 그리고 한국의 연평도 해전. 작은 규모의 테러들도 어렵지 않게 찾아낼 수 있었다. 벨기에 공항에서는 폭탄이 터져 서른 명 넘는 사람들이 즉사했고, 독일의 한 대성당 앞에서는 성폭행, 강도, 절도 범죄가 발생해 천여 명의 테러 용의자를 경찰이 쫓고 있다고 했다.

세상이 다시 핏발을 세우고 있어.

김포공항이나 인천공항에 갑자기 폭탄이 투하되거나 명동 성당 앞에서 수백 명의 사람들이 한꺼번에 범죄를 저지른다면? 혹시 정말 그런 일이 생길 수도 있는 걸까?

폭우가 쉴 틈 없이 내리는 소리를 들으며 복도로 뛰어나가 사회 선생님을 쫓아간 그날, 선생님은 하연을 교무실로 데려갔다. 하연의 표정이 워낙 좋지 않은 탓이었는지 선생님은 우선 하연을 안심시켰다. 그러고는 어디 아픈 건 아니냐고 온화한 표정으로 물었다.

선생님은 자신이 보여 준 그 사진이 하연에게 너무 많은 혼란을 가져다주었다는 것을 전혀 모르는 눈치였다. 핸드크림을 꼼꼼하게 바른 매끈한 손으로 보조 히터를 틀면서 웃어 보였다.

"비가 많이 오니까 갑자기 춥다, 그치? 이쪽으로 와서 너도 같이 불 쪼일래?"

선생님은 늘 다정하고 따뜻했다. 하연은 왠지 모르게 가슴이 답답해져 표정을 일그러뜨렸다.

"하연아, 왜 그래?"

놀란 선생님이 물었다.

"그 애들에게…… 너무 미안해요."

선생님은 하연의 어깨를 지그시 토닥이며 중얼거리듯 말했다.

"하연아. 괜찮아, 괜찮아."

가슴이 멍울지는 것 같았다. 한 번도 생각해 보지 못했던 그들의 삶이, 사진 속에 있어서 너무 멀게 느껴졌던 그들의 존재가 코앞에 다가와 있는 느낌이 이상하고 미안했다.

"먹지도 못하고 자지도 못하고. 그 아이들이 견딜 삶을 보는 게…… 미안해요."

그러자 선생님이 하연을 안심시키듯 말했다.

"하연아, 괜찮아. 그런 마음을 갖고 나중에 커서 네가 도와주면 돼."

하연의 마음은 그런 게 아니었다. 그 아이들을 동정하는, 그런 해석하기 쉬운 마음이 아니었다. 하연은 에피아에 대해 이야기해야 한다고 생각했다. 친구가 위험하다고, 에피아는 친구라고. 한 번도 본 적이 없지만 그 애는 틀림없이 존재하고 심지어 위험에 빠져 있다고, 선생님께 그렇게 말할 작정이었다.

그 순간 선생님이 목소리를 낮추며 말했다.

"하연아. 그 아이들을 불쌍하다고 여겨 주고, 네가 얼마나 행복한지 깨달으면 돼."

그 말에 하연의 생각이 하얗게 얼어붙는 것 같았다. 그게 그렇게 단순한가. 불쌍하다는 식으로 정의되어 버릴 수 있는 그런 마음인가. 안전한 집에, 안전한 가족의 울타리 안에 있으니, 게다가 비밀 기지라는 저 말도 안 되는 소꿉놀이를 할 정도로 여유롭게 살고 있으니, 내가 생각을 멈춰 버리면 그때부터 에피아는 아무것도 아닌 게 되는 걸까? 에피아가 저렇게 도망가다

저 애들처럼 굶거나 다쳐도 나오는 전혀, 아무런 관련도 없을까? 그저 내가 얼마나 행복한지 깨닫고 하라는 것들을 잘하면 되는 걸까?

하연은 웃고 있는 선생님의 말간 얼굴을 들여다보았다. 에피아를 닮은 투명한 얼굴이 눈앞에서 환하게 미소를 짓고 있었다. 따뜻한 불을 함께 쬐자고. 바깥에 대해서는 신경 쓸 필요 따위 없다고 말하면서.

하연은 아무런 말도 하지 않은 채 일어났다. 따뜻한 불은 따뜻한 실내에 있기 좋아하시는 선생님 혼자 쬐시면 되겠다고 생각하면서. 천천히 복도를 걸으며 하연은 휴대폰의 메신저 창을 열어 에피아에게 물었다.

— 너는 학교에 다녔어?
— 너는 무엇을 할 때 행복했어?
— 너는 지금 행복해?
— 그런 것들에 대해 생각해 본 적 있어?

에피아는 그 메시지를 오랫동안 읽지 않았다. 에피아로부터 연락이 오지 않는 며칠간 하연은 아프리카 전쟁이나 내전과 같은 단어들을, 셀 수 없을 만큼 많이 검색했다.

비가 많이 오는 날이 일주일째 이어졌다. 특히 밤에 내리는 비는 소란스럽고 거칠었다. 감정을 회피한다고 해서 해결되는 것은 거의 없었다. 다시 상자를 열면 그 기억이 한꺼번에 쏟아질 것이었다.

차라리 덮어 두는 게 나을까. 이대로 노인도 나타나지 않고 에피아와도 연락을 끊고 전쟁 같은 터무니없는 말들에서 벗어나 현실을 살면 훨씬 마음이 가볍지 않을까. 이것이 하연에게 좌절이라면 그랬다. 어떻게 해야 좋을지 모르겠다는 암담함. 어떤 것도 좋은 것 같지 않은 선택의 상실감. 그렇지만 에피아를 향한 걱정스러운 마음은 쉽게 가라앉지 않았다. 인스타그램은 며칠 동안 들어가 보지 못했다. 궁금해서 미칠 것 같은 마음과 차라리 아무것도 모르면 좋겠다는 마음이 늘 공존했다.

하연은 서재에 들어가 웅크리고 앉았다. 비밀 기지로 연결되는 책장의 통로는 굳게 닫혀 있었다. 어둠을 친구 삼아 몸을 활처럼 휜 채 웅크리고 앉아 있는 날만 늘었다. 멀리서 환하고 희미한 빛이 새어 들어왔다. 고층 아파트에 가려 빛이 들어오는 날이 드문데도 분명한 빛이었다. 하연은 옆에 두었던 가방을 끌어당겨 지퍼를 열었다. 손을 더듬어 태블릿을 꺼냈다. 태블릿 전원을 켜자 그리다 만 그림의 선들이 나타났다. 하연은 다시 그 끝에 선을 덧대기 시작했다. 직사각형의 태블릿 가운데 하얗고 동그란 부분을 남기고 주변을 검은색으로 채웠다. 하연이 이미 자연스럽게 그리고 있는 것, 비밀 기지였다.

점을 찍고 선을 그었다. 다시 점을 찍고 선을 그었다. 그 행위를 여러 번 반복했다. 그동안 하연의 머릿속에 할아버지와 에피아, 선생님과 은지, 친구들과 하연 자신이 지나갔다. 그 사이에 동굴 벽 주위로 생명체들이 자연스레 그려졌다.

비밀 기지에 들어온 사람들. 하연은 자신의 손에서 탄생한 그 사람들을 멍하니 들여다봤다. 아이와 노인, 흑인과 백인, 사람과 동물, 군인, 경찰. 모두가 둘러앉은 모습이었다. 동굴은 하얗고 동굴 밖은 까맸다. 그 모습이 꼭 우주에서 본 지구 같았다. 태블릿을 바닥에 두고 하연은 멀리 떨어졌다. 비밀 기지가 우스워 보였다.

저렇게 작은 지구. 저렇게 아무것도 아닌 지구.

바깥이 시끄러워진 건 그즈음이었다. 웅성거리는 소리에 하연은 서재의 불을 켜지 않은 채 방문을 조금 열었다. 낮게 아버지 어머니 목소리가 들렸고, 다른 목소리가 이어 들렸다. 처음에 알아듣기 힘들었지만 소리는 점차 또렷해졌다.

"자꾸 역류한다는 데가 상순 할아버지네 지하 아니에요? 은지네 집에서도 냄새가 자꾸 난다던데."

하연의 귀가 자연스레 쫑긋 섰다.

"아무래도 마음이 안 놓여."

이 동네에 오랫동안 살아온 옆집 언니의 목소리였다. 이모라고 부른다고 해도 굳이 언니라고 부르라던, 매사에 의심 많고 신경질적으로 보이는, 하연보다 열다섯 살쯤 많은 사람이었다. 다급한 목소리로 아버지와 이야기를 나누고 있는 언니의 목소리에 하연은 조용히 귀를 기울였다.

"이상한 일이 생기긴 하죠. 전조 증상 아닐까 싶기도 하고 그래요."

"전조 증상?"

"네. 18년 전에도 분명히 그랬어요. 마을 사람들이 수군댔고. 악취도 엄청났고. 근데 아무래도 모든 게 이상해요. 상순 할아버지가 동네에 다시 나타난 것도. 자기 집으로 돌아가지 않고 다른 집들을 둘러보는 것도."

"너도 봤니?"

"요즘 상순 할아버지 자주 눈에 띄었어요. 폐가가 된 자기 집에 못 들어가니까, 들어앉을 곳을 찾는 것 같아요. 아니면 진짜 할아버지네 벙커에 문제가 있거나."

어머니와 아버지는 아무 말이 없었다. 벙커, 노인이 쓰던 단어와 같았다. 그 말이 하연의 가슴을 치고 지나갔다.

"은지네 같아. 은지네에는 정원 아래로 뚫려 있잖아. 그걸 아는 거야, 상순 할아버지가."

어머니가 말한 뒤로 침묵이 다시 이어졌다. 침묵이 이어질 수록 초조해지는 옆집 언니의 목소리도 느껴졌다.

"두 분은 일단 눈 좀 붙이세요. 상순 할아버지를 또 만나면 말을 잘해 볼게요. 노인네 요즘 동네에 매일 출몰하는 게 분명하거든."

하연은 복도로 발을 뺐다. 이게 다 무슨 말인지 옆집 언니를 따라가 묻고 싶었다. 옆집 언니가 마지막으로 말했다.

"이제 진짜 그 시간이 된 거예요. 분명히 통로가 연결되어 있는 것 같아요."

'통로는 연결되어 있다.'

세상에 오직 그 문장들만 남아 있는 것 같았다. 벙커 통로는 연결되어 있다. 이제 그 시간이 되었다. 은지네 집에는 정원이 있다. 은지네 집 지하와 그동안 비어 있었던 그 상순 할아버지 집의 벙커가 연결되어 있다. 그러니까 입구 앞에 있는 하연의 집부터 뒤쪽의 은지네 집, 앞쪽의 감나무 집까지, 지하로 연결이 되어 있다.

상순 할아버지라는 그 노인도 그렇게 이야기하지 않았나.

'세상이 다시 핏발을 세우고 있다. 틀림없이 전쟁이 다시 일어날 거다.'

하연은 창문을 열었다. 서재는 집에서도 가장 안쪽에 자리해 있어 창문 바깥은 현관의 반대편이었다.

옆집 언니가 나가는 문소리가 들렸다. 하연은 소리가 나지 않도록 문을 닫고 조심히 휴대폰 불빛에 의존해 일곱 번째 책장으로 갔다. 일곱 번째 책장을 밀어 여덟 번째 책장에서 작은 정사각형의 입구를 찾았다. 어쩐지 입구를 여는 게 망설여졌다. 그래도 보지 않고서는 견딜 수 없을 것 같았다. 크게 숨을 내쉬고 그곳을 힘껏 밀었다.

하연은 놀란 채 그 아래를 가만히 내려다보았다. 비밀 기지에 빛이 밝혀져 있었다. 처음 있는 일이었다.

손가락에 힘을 모으고 하연은 난간을 꼭 쥐었다. 하연의 손이 사시나무처럼 바들바들 떨렸다. 손바닥에는 이미 땀이 흥건했다. 셔츠에 아무렇게나 쓸어 낸 손바닥으로 하연은 다시 난간을 쥐었다. 그때 휴대폰 불빛이 반짝이며 진동이 울렸다. 보지 않아도 알 것 같았다. 에피아에게서 온 메시지가 분명했다. 불빛이 나오는 휴대폰을 꼭 쥐고 하연은 천천히 아래를 향해 내려갔다.

*

하연은 눈앞에 있는 장면에 머릿속이 새하얘졌다. 상순 할아버지는 미동 없이 앉아서 한 발 한 발 계단을 내려오는 하연을 지그시 바라보고 있었다.

"그래. 네가 올 거라고 생각했다."

갑자기 들어오는 수많은 정보들을 다 흡수하기 위해 안간힘을 쓰는 하연의 앞에 할아버지는 태연스럽게 앉아 웃고 있었다. 어둠 속에, 반짝이는 것이 또 있었다. 가만히 보니 할아버지 한 사람만 있는 게 아니었다.

할아버지의 곁에는 한 할머니가 누워 있었다. 할머니의 손을 마주 잡고 할아버지는 할머니 얼굴을 가만히 쓰다듬고 있었다. 천천히, 따뜻하게. 손길마다 다정과 애정이 묻어 있었다. 그 다정한 모습이 전에 봤던 노인의 모습과는 완전히 다른 느낌을 줬다. 낯선 노인이라기보다, 그는 그냥 다정한 이웃집 할아버지의 모습이었다.

"나는 이 앞에 살았다. 지금은 아무도 살지 않는 집이지만 너도 알 테지."

"감나무 집이요."

"그래. 너도 감나무 집을 알다니 반갑다."

"어른들이 그렇게 부르셨어요."

자꾸만 눈이 할머니 쪽으로 갔다. 할아버지가 하연을 배려해서인지 전등을 할머니 쪽으로 밝혀 주었다. 할머니는 바닥에 깔린 담요 위에 모로 누워 거동조차 쉬워 보이지 않았다. 어둑한 불빛 때문인지 할머니 얼굴은 약간 검붉었고 한눈에 봐도 몸이 마르고 힘이 없어 보였다. 할머니의 손을 조금 더 힘주어 쥐며 할아버지가 말했다.

"내 아내다. 이 사람을 살려야 했다."

할머니는 피부의 색과 얼굴 형체가 한국인이 아닌 것 같았다. 그 모습이 하연에게 에피아를 떠올리게 했다. 할아버지는 그런 사람이었구나. 인종과 피부가 다른 사람, 쓰는 말이 다른 사람, 그런 것들과는 전혀 상관없이 사람에게 마음을 주는 사람.

하연이 멀뚱히 할머니의 얼굴과 차림을 보고 있자 노인이 말했다.

"앉아 봐라, 아가. 내 이야기를 들려주마."

할아버지의 이야기라면 이제 무엇이든 얼마든 더 들을 수 있을 것 같았다. 우리 집안을 알고 있는 사람, 집 안의 비밀 공간을 알고 있는 사람. 어쩐지 그 사람에게서 나는 온기가 하연을 그곳에 앉게 만들었다.

"베트남 전쟁에 대한 얘기를 해 주었지? 그곳에서 네 할아버지를 처음 만났다고."

말없이 바라보고만 있는 하연을 향해 한 번 웃고선 할아버지가 말을 이었다.

"저 사람 역시 그곳에서 처음 만났다. 나는 군인이었고. 저 사람이 있는 마을에 갔었어. 그 시절 베트남 사람들은 한국 군대에 엄청난 저항감을 갖고 있었다. 한국인들이 저들을 마구 죽인다고, 그렇게 생각할 때였지. 웬만해서는 부대에서 이탈하기 쉽지 않은데, 그날은 심부름을 하러 그 마을에 갔다. 중대장님 편지만 전해 주면 됐지. 그렇게 편지를 전하러 가는 길에 발을 헛디며 산 중턱에 주저앉아 있었다. 일어나 걷는 것조차 불가능했지. 그때 저 사람이 그곳을 지나가다가 나를 발견하고 집으로 데려가 치료해 줬어. 그렇게 우리가 만났단다."

할아버지가 잠시 말을 멈추었다. 숨을 길게 내쉬고 나서 다시 이야기를 덧붙였다.

"전쟁이 끝나고 한국에 돌아오는 내내 나는 이 사람을 생각했어. 몇 달이 채 되지 않아 나는 다시 그곳으로 갔다. 저 사람을 데리고 한국에 올 작정이었거든. 집안 식구들이 얼마나 싫어했는지, 마을 전체가 다 나에게 손가락질을 하는 것 같았다. 그렇게 나는 저 사람만 데리고 평생을 숨어 살았어. 그런데 전쟁이 곧 일어나면, 저 사람이 다시 전쟁을 겪고 죽게 둘 수는 없었어. 그게 내가 이곳으로 돌아온 이유야."

할아버지는 목소리를 더욱 낮추고 하연에게 말했다.

"마을 사람들이 저 사람을 발견하면 또 어떤 일이 반복될 것이다. 나는 그것을 저 사람이 겪도록 하고 싶지 않아. 네가 좀 도와주겠니?"

하연은 할아버지의 부탁을 듣고는 말없이 할머니를 바라봤다.

"언젠가 저 사람도 나도 죽을 테지만, 우리는 사람들의 멸시 안에서 죽고 싶지는 않았다. 저 사람을 보호하는 것은 내 평생의 의무였지."

전쟁이 난다는 할아버지의 터무니없는 믿음은 이제 중요하지 않았다. 에피아가 동생을 데리고 자신의 나라를 도망친 것처럼. 할아버지도 자신의 소중한 사람을 데리고 도망을 다녔다는 사실에 하연의 심장이 울컥거렸다. 어째서 사람들은 자신의 소중한 사람들을 위해 목숨을 거는 건지.

"제가 어떻게 도와드리죠?"

"이 사람이 여기 있다는 사실을 마을 사람들에게 비밀로 하면 된다. 저 사람, 점점 몸이 약해지고 있어."

하연은 고개를 깊이 끄덕였다. 그 정도야 해 드릴 수 있다고, 에피아에 대한 이야기도 해 본 적이 없다고, 하연은 그런 생각을 했다.

"저한테는 한 아프리카 친구가 있는데, 전쟁이 나서 도망을 다니고 있어요. 그 친구를 돕고 싶어요."

하연의 입에서 에피아에 대한 이야기가 절로 튀어나왔다. 그 말을 하려고 했던 게 아니었는데, 누워 있는 할머니를 바라보다가 자연스럽게 그 말이 흘러나왔다. 온종일 하연의 머릿속을 점령하고 있는 에피아에 대한 이야기를, 할아버지는 들어 줄 수 있을 것 같았다.

"전쟁이 나서 도망을 다니는 건 흔한 일이었지."

"베트남에서도 그랬나요?"

하연의 생각은 자꾸만 에피아의 상황 쪽으로 흘러갔다. 끔찍한 수모를 당하던 에피아와 여자아이들.

"베트남에서도, 여자들은 행복할 수 없었나요? 군인들의 노예가 되었나요?"

할아버지가 잠시 숨을 고르더니 말했다.

"전쟁은 사람을 광기에 이르게 하니까 말이다. 수십 년 전 내가 겪은 베트남에서도 그런 일이 많았지. 정을 나눈 사람을 버리고 오는 경우도 많았고, 그리고…… 불쌍한 사람들을 겁탈

하는 못된 한국 놈들도 많았어."

"할아버지는 할머니를 지켰잖아요."

멋쩍게 웃으며 할아버지는 말했다.

"바보 같은 놈이라는 소리를 들으며 살았지."

어둠 속에 간간이 보이는 할아버지의 물 빠진 군복, 낡은 수통, 맑은 눈. 하연은 그것을 물끄러미 들여다보았다. 이 모든 건 할아버지의 인생을 말해 주는 증표였음을, 하연은 이제야 깨달을 수 있었다.

"사람을 살리는 일인걸요."

하연이 무언가를 말하려고 했을 때 할머니의 '끙' 하는 소리가 들려왔다. 할아버지가 목소리를 조금 더 낮추며 고개를 끄덕였다. 더 말해도 좋다는 뜻으로 보였다.

"저는 그 아이가 어디에 있는지도, 어떻게 살아가는지도 몰라요. 그런데도 그 아이가 가여워요. 제가 무엇을 해야 할지 모르겠어요."

할아버지는 빙그레 웃으며 말했다.

"세상이 무너져도 사라지지 않는 게 있다. 한 사람이 죽어도 흔적처럼 남겨 두는 게 있지. 그런 건 대부분 무형의 것들이야."

"저는 에피아를 알지도 못하고 에피아를 본 적도 없어요. 에피아는 은지처럼 제 주변에 살지도 않고요. 그런데 왜 저는 에피아가 위험해지는 게 싫죠? 무섭고 두렵고, 안전한 내 삶이 왜 너무 창피하죠?"

"네가 그 아이에게 갖고 있는 마음이, 영원한 것이기 때문이지."

"평생 한 번도 에피아를 보지 못한다고 하더라도요?"

"사랑, 우정, 그리움과 같은 것들을 볼 수 없다는 게 얼마나 다행인지 생각해 본 적 있느냐?"

하연은 영원한 것들에 대해 생각했다.

영원한 것들이 눈에 보인다면, 사람들은 틀림없이 그걸 재 보려고 할 것 같았다. 애정이나 관심 같은 것들이 진짜 눈에 보인다면, 하연 스스로도 궁금해질 것이었다. 얼마나 많은 사람들이 하연에게 애정을 갖고 있는지, 그 애정은 얼마나 깊은지. 그런데 애정이 깊지 않고 많지도 않다면, 하연은 그걸로 다시 자존심이 깎일 것 같았다. 그러면 다시 모든 것이 공허해지는 때로 돌아가게 될 듯했다. 그러니 중요한 게 눈에 보이지 않는 건 인간에게 축복이 맞았다. 할아버지의 이야기를 마음에 품어 주는 걸로, 할아버지가 비밀을 원하면 비밀을 지켜 주는 걸로, 하연은 그렇게 눈에 보이지 않는 은혜를 갚기로 했다.

할아버지는 집으로 올라가는 하연을 향해 되새기듯 말했다.

"잊지 말아라, 사라지지 않는 무형의 흔적들은 사람의 마음에 깊이 남는 법이다."

*

　모순적이게도 에피아의 소식을 들으려면 인스타그램에 접속해야 했다. 그럴 때마다 자꾸만 하트 수를 확인했다. 업데이트가 뜸해진 뒤로는 하트 수가 줄어들고 있었다. 처음에는 육백 개쯤 되었던 하트 수가 천천히 오백오십 단위로, 오백 단위로, 삼백 단위로 줄어들고 있었다. 괜찮았다. 아무렇지 않지는 않았지만 견딜 만했다. 아니, 어딘가에 얽매이지 않아도 되는 마음이 조금 후련하기도 했다. 하연에게는 인스타그램의 하트 수보다 중요한 것들이 생겨나고 있었다.

　상순 할아버지, 비밀 기지, 에피아, 사라지지 않는 것들.

　에피아에게는 매일 메시지를 남겼다. 아무것도 아닌 말이라도 매일 했다. '밥은 먹고 다녀?' '동생은 건강하지?' '지금은 어디야?' 같은 말들. 답이 오지 않아도 매일매일 메시지를 보냈다. 에피아가 무사하기를 기도했다. 상순 할아버지는 그것이 에피아에게 해 줄 수 있는 최선의 것이 아닐지라도 하지 않는 것보다 나은 게 분명하다고 말했다.

　아무것도 하지 않으면, 아무것도 모를 테니까. 아무것도 모르는 바보가 되기보다, 무엇이라도 하는 게 그 사람에게 '내가 곁에 있다.'는 신호를 주는 것일 테니까.

비밀 기지에는 매일 밤 찾아갔다. 먹을 것을 들고 가기도 했다. 그림을 그리지 않았지만 상순 할아버지와 대화를 나누고 나면 좋았다. 그러면서 알게 된 것들이 있었다. 할아버지와 하연의 할아버지가 이 벙커를 만들게 된 이야기. 하연의 아버지 역시 오래전부터 이 벙커를 알고 있다는 이야기. 하연에게 이 벙커가 있다는 사실을 알려 주었을 거라는 이야기.

한 번도 아버지가 이 벙커를 알려 준 적이 없다는 하연의 말에, 상순 할아버지는 말했다.

"네가 혼자 서재에 있을 수 있게 오랫동안 배려했지. 네가 알아챌 수 있도록 책상 위에 설계도를 올려 두었고. 그게 우리가 써 온 오랜 수법이거든. 자연스럽게 알도록 두는 거지. 스스로 깨닫도록. 아마 너희 부모 역시 네가 그것을 자연스레 알기를 바랐을 거야."

상순 할아버지와 하연의 할아버지가 가장 친한 친구였다는 것도, 전쟁 때 이 방공호를 손수 만들었다는 것도, 하연의 아버지는 상순 할아버지가 이곳을 다시 찾아오리라는 걸 알고 있었다는 것도. 하연은 할아버지를 통해 알았다.

이 마을을 공유하는 집들은 어쩌면 이 사실을 모두 공유하고 있다는 건데, 은지도 이 사실을 알고 있을까.

그런 생각이 들자 하연의 마음이 갑자기 다시 욕망으로 일렁였다. 은지가 이 사실을 알게 되었다면, 은지는 분명히 하연이 그린 것이 뭔지도 알게 되었을 거라고 하연은 생각했다. 은지가 알기 전에, 은지가 그것을 생각하기 전에, 은지가 그것을 이용하기 전에, 하연이 먼저 sns에 올릴 이 좋은 기회를 잡으면 좋을 것 같기 때문이었다.

*

— 어째서 너의 세계가 멈춰 버렸어?

에피아에게서 한 문장이 도착해 있었다. 하연은 그 말을 한참이나 들여다봤다. 그 사이에 많은 것을 알게 되었다고 말하고 싶었다. 너에 대해서 찾아보았다고, 너를 이해할 수 있다고. 그렇게 말하고 싶었다. 그 사이 에피아의 문장이 계속되고 있었다.

— 오늘은 미타를 데리고 밖으로 나왔어. 이제 숨을 쉴 수 있을 것 같아. 우리는 곧 유럽으로 가는 배를 탈거야.

유럽으로 가는 배를 타는 아프리카인들에 대한 거라면 하연도 수없이 찾아보았다. 거기서 죽는 아이들도 많았고 에피아가 그중 한 사람이 될 수도 있었다.

— 그렇게 하지 않으면 안 돼?

하연이 문장을 썼다. 한참 동안 답이 없었다.

— 그렇게 해서 죽는 사람도 있대. 바다에 빠지기도 하고 유럽에 도착해도…….

하연은 그 문장을 썼다가 지웠다. 사회 시간에 봤던 그 장면이 다시 또렷이 하연의 머릿속을 스쳐 갔다.

— 유럽에 도착해도 유럽의 나라들이 너를 반겨 주지 않을지도 몰라.

그런 생각을 하고 있을 때 에피아의 문장이 다시 떠올랐다.

— 그렇다고 이곳에 계속 살 수는 없으니까. 더 좋은 곳을 찾

아가야지.

그곳에 가지 않을 수 없어서 가고 있는 에피아와 에피아의
동생. 하연은 이게 지금의 현실이 아니었으면 싶었다. 어째서 어
떤 사람들은 행복하고 어떤 사람들은 존재조차 비극인 시간을
살아야 하지? 어째서 누군가는 평생 행복하지 않지?
그런 생각을 하고 있는 하연의 앞에 사진이 한 장 도착했다.

— 너에게 보여 주기 위해 찍은 사진이야. 내 동생 첫 번째
생일 사진.

하연은 에피아가 보내 준 그 사진에서 눈을 뗄 수 없었다.
사진 속에는 에피아로 보이는 하연 또래의 흑인 여자아이
와 미타라는 이름의, 태어난 지 갓 1년이 된, 손과 발이 아주 작
고 눈망울이 또렷한 여자아이가 앵글을 보고 환하게 웃고 있었
다. 환하게, 아무런 의심 없는 눈으로. 그들이 웃고 있다는 사실
에 하연은 순간 멍해졌다.
하연은 미타라는 이름의 아이가 이렇게 작은 줄도 몰랐었
다. 하연은 그동안 자신이 많은 것을 오해했음을 깨달았다. 에
피아는 하연의 생각처럼 집에서 도망쳐 나온 이후에 늘 불행하

지 않았을지도 몰랐다. 하연이 지금까지 생각했던 것처럼 에피아는 무엇에 쫓겨만 다녔던 게 아니었을 수 있었다. 에피아는 나름대로 행복한 순간을 보냈을지도 몰랐다. 하연은 자신이 에피아를 오해했다는 사실이 지금 이 순간 가장 부끄러웠다.

에피아는 하연에게 자신과 동생을 보여 주기 위해 얼마나 노력했어야 했는지 설명했다. 아이가 자꾸 울었고, 사람들에게 들키면 안 되는 순간도 있었고, 그래서 오랫동안 사진을 찍을 장소를 물색하고 상황을 살펴야 했다고. 그래도 너에게 보여 주고 싶었다고. 에피아는 말했다.

— 내가 여기까지 올 수 있었던 건 네가 있었기 때문이야. 너의 비밀 기지가 내게는 꿈이고 희망이었거든. 유럽에 가면 나도 너에게 선물할 수 있는 희망을 찾을 거야.

하연의 머릿속에는 비가 주룩주룩 내리던 오후에 교실 모니터에 떠올라 있던, 사람들의 무채색 같은 표정과 굳게 닫힌 유럽의 철문이 지나갔다. 저곳이 희망이라고, 저곳이 꿈이라고. 겨우 나라는 존재가. 겨우 내가 자신의 희망이라고, 꿈이라고. 에피아는 말했다.

'사라지지 않는 무형의 흔적들은 사람의 마음에 깊이 남아.'

상순 할아버지는 그렇게 말했다. 하연은 어둑한 서재에 앉아 태블릿 전원을 켰다. 환한 빛이 방 안으로 분수처럼 뿜어져 나왔다. 하연은 부신 눈을 비비고, 흰 빛 사이로 들어가 스케치북 앱을 열었다. 천천히, 아주 천천히, 부드럽게, 쓱쓱 연필이 선을 그려 나갔다. 작은 선들이 모이고 이어지고 흩어지며 굴곡을 넓혀 갔다.

누군가의 다정스러운 팔 안에서 새근새근 잠을 자는 아이의 모습이 선연해졌을 때, 하연은 이번에는 화면 오른쪽에서 서서히 떠오르는 태양을 그렸다. 따뜻한 빛으로 아이를 보호해 주는 햇볕, 그렇게 비밀 기지가 환하게 물들어 가는 풍경.

＊

은지네 집 정원에는 나무가 많았다. 현관을 다 가릴 정도로 큰 나무들은 언뜻 봐도 밑동이 크고 굵어 그 나이를 짐작할 수 없었다. 현관의 오른쪽을 다 가리니 차라리 걷어 버릴 만도 한데 하연과 은지가 자라는 동안 그 집에서는 한 번도 이파리를 쳐내거나 바로 세우지 않았다. 평생 그 집의 정원을 지나 돌계단을 올라 집 안으로 들어가면서 하연도 그 점이 늘 이상하긴 했다. 그곳에서 하연은 돌계단과 나무를 번갈아 쳐다보았다. 정원이라면 이곳이 가장 의심스러웠다. 옆집 언니의 말대로라면 이 바로 아래 감나무 집 폐가로 통하는 지하실이 있다는 건데.

"너 거기서 뭐 해?"

하연은 은지의 목소리에 놀라서 고개를 돌렸다. 은지 뒤쪽으로 저 멀리 하늘에는 어느새 붉은 어스름이 덮여 있었다.

"아, 아무것도 아냐."

뭔가를 숨기듯이 하연의 손이 뒤로 갔다. 의도하지 않았어도 뭘 숨기는 사람 같아 보이긴 했다.

"뭐 찾아?"

"아, 응. 뭘 떨어뜨려서."

"아."

은지는 허탈하게 답했다. 뭔가 의심스러움을 감추지 못하는 건 은지도 마찬가지인 듯했다. 하연은 은지의 모습을 살폈다. 상순 할아버지의 말대로라면 하연과 함께 열여섯 살이 된 은지도 지하 세계에 대해 뭔가를 알고 있을 수 있었다. 정말 은지도 하연처럼 뭔가를 알고 있을까. 옆집 언니의 말처럼 정말 이 정원에 아래로 향하는 철문이 있을까. 상순 할아버지의 집과 이 집의 통로가 이어져 있을까.

어떻게 말해야 좋을지 고민하다가 하연은 할아버지를 생각해 냈다.

"너, 혹시 앞집 할아버지 알아?"

하연이 묻자 은지가 보일 듯 보이지 않을 듯 옅은 미소를 흘리며 물었다.

"감나무 집? 폐가 말이야?"

"그래. 거기 아직 사람이 살고 있는 거 알아?"

은지가 말없이 하연을 보고 있었다. 입술 꼬리가 살짝 더 올라갔다. 그 모습이 무언가 아는 걸 뜻하는 것 같기도 했다. 은지도 뭔가를 알고 있어서 하연에게 숨겨야 하는 걸까? 아니면 은지는 전혀 모르는 걸까?

"그 집 사람들을 왜 물어?"

"실은 얼마 전에 말이야……."

하연이 이야기를 꺼내려는 순간, 갑자기 나무 아래에서 콸콸 소리가 났다.

"무슨 소리가 들리는 것 같지 않아?"

은지가 말하며 밑동 쪽으로 몸을 틀었다. 하연의 귀에도 분명히 무언가 소리가 들려왔다. 진동음 같기도, 파도 소리 같기도 한 굉음이 멀리서 또 가까이서 반복해 들려오는 것 같았다. 소리를 놓치지 않으려 하연이 나지막이 은지에게 물었다.

"물소리 아닐까?"

"지하에서 물소리가 난다고?"

"작지 않잖아. 이건 분명 멀리서부터 들려오는 거대한 소리야."

둘은 서로의 얼굴을 바라봤다. 귀를 기울이듯 비뚤게 서 있던 은지가 땅바닥 가까이 한쪽 귀를 가져다 댔다.

문득 하연은 사회 시간에 봤던 그 장면들을 다시 떠올렸다. 기후 변화로 열이 오른 지구, 점점 더워져 가는 세상, 빙하가 녹아 물이 흐르고 온갖 종류의 바이러스가 속출하는 디스토피아의 세계. 진짜 기후 변화 때문인가. 세상이 더워져서, 지구에 열이 올라서. 그래서 일어나는 일들인가.

다급할 정도로 강력하게 '윙' 하는 소리가 들려온 건 그때였다. 은지가 무언가 깨달았다는 듯 소리쳤다.

"아!"

하연이 은지를 바라봤다. 은지의 눈동자에 힘이 들어가 있었다.

"이건 신호야."

은지의 말에 하연이 물었다.

"무슨 신호?"

"어릴 때부터 들어 왔던 신호, 이대로 있으면 안 된다는 신호.”

“그게 무슨 말이야?”

하연의 물음에 대답할 새도 없이, 은지는 곧장 밑동이 큰 그 나무 아래 드리워진 수풀을 치워 내기 시작했다.

“마을에 문제가 생긴 거야. 우리 집 지하가 시작점이라고 했어.”

하연이 은지를 멍하니 바라보고 있자, 은지가 말했다.

“댐 때문에 지반이 약해지면 우리 집부터 물이 차오를 거라고, 그렇게 걱정하는 소리를 들었어.”

은지가 수풀을 거의 걷어 냈을 즈음, 커다란 나뭇조각이 나타났다.

“도와줘!”

은지가 다급하게 비명을 질러 대는 바람에 하연도 서둘러 흩어진 나뭇조각을 치웠다. 오래된 나뭇조각이었지만 사람의 손을 타 말끔하게 잘린 흔적이 남아 있었다. 그 순간 뭔가가 보였다. 몇 개의 나뭇가지들 사이로 작은 철문이 나왔다. 저건, 하연이 서재에서 보았던 것과 같은 크기의 작은 문이었다.

은지는 용감하게 그 문을 올려 열었다. 안에서 콸콸 물이 치솟고 있었다. 머리가 아플 정도로 구역질이 나는 냄새도 밀려 들어왔다. 하연과 은지의 표정이 한꺼번에 구겨졌다. 이렇게 시커먼 물이, 대체 어디서 쏟아져 나오는 거지?

하연은 자꾸 난립되는 전국의 댐 개발 공사도 언젠가 분명히 큰 문제로 돌아올 거라던 사회 선생님의 말을 떠올렸다.

"댐에서 나온 물이 차오르는 건가?"

"그렇다면 더 큰 문제가 연쇄적으로 일어날 수 있다고 경고하셨는데……."

심각한 표정의 은지를 바라보며 하연이 다시 물었다.

"누가? 누가 그런 소리를 했어?"

"상순 할아버지."

하연이 굽어 있던 허리를 펴지도 못하고 은지 쪽으로 고개를 올렸다. 은지는 어디까지 알고 있는 걸까. 베트남 할머니까지? 이 벙커에 대해서도? 그러면, 비밀 기지에 대해서도? 그렇다면…….

"그게 문제가 아냐. 아래 있는 사람들이 위험해."

하연의 말에 은지의 눈이 커다래졌다.

"아래 있는 사람들?"

"그래, 결국 다 연결되어 있으니까."

하연은 그제야 진짜 무언가 잘못되어 간다는 걸 실감했다. 상순 할아버지. 베트남 할머니, 그러니까 거기까지 연결되어 있다면……!

"우리 집, 우리 집 아래에 상순 할아버지가 있어."

다시 한번 하연이 힘주어 말하자, 은지가 말없이 하연의 손을 붙잡았다. 통로가 연결되어 있다면, 철문도 저렇게 똑같게 생겼다면, 하연의 집 아래 있는 그곳도 지금 물에 잠기고 있을 터였다. 그렇다면 지금 상순 할아버지와 할머니가 위험했다. 은지의 손을 꼭 붙잡고 하연은 달리기 시작했다.

여전히 은지는 아무것도 묻지 않았다. 하연은 은지가 아주 오래전부터 많은 것을 알고 있었을 거라고 생각했다. 그래서 은지는 늘 별다른 말이 없었구나. 그건 은지가 스스로 지켜 온 무형의 것들이었구나. 하연은 은지의 따뜻한 손을 붙잡고 비밀 기지를 향해 뛰어갔다. 방법이 있을 거라고, 우리 모두 계속 살 수 있는 방법이 분명히 있을 거라고 믿으며.

멀리서 천둥 번개가 치듯 '쾅' 하는 소리가 들려왔다. 이제 곧 폭우가 쏟아지겠지만, 어쩐지 하연은 무섭지 않았다.

3부

2039년 8월

사진 두 장을 반복해서 좌우로 쓸어 넘긴다. 각각 같은 자리에서 같은 구도로 찍힌 여자아이 둘이 활짝 웃고 있다. 둘은 같은 원피스를 입은 데다 짧은 단발을 하고 앞니 하나가 빠진 것까지 똑같다. 첫 번째 사진 속의 어린 덩굴장미 묘목과 두 번째 사진 속의 흐드러진 덩굴장미 사이의 긴 시간만 아니라면 같은 사람이라고 해도 믿을 만큼 두 아이가 꼭 닮았다. 첫 번째 사진은 인화된 옛날 사진을 폰으로 다시 찍은 것이다. 그래서인지 덩굴장미와 더불어 두 사진의 색감과 화질의 차이가 마치 한 사람이 남긴 시간 여행의 기록 같기도 하다.

"피는 못 속여."

두 사진을 두고 어른들이 하나같이 말했었다. 여덟 살 때였나. 어른들의 말과 달리 내 눈에는 나만 나로 보였지, 첫 번째 사진 속의 어린 엄마가 나와 닮았다는 생각은 도무지 들지 않았다. 그 시절의 내 얼굴에서 한참 벗어난 이제야 두 얼굴을 객관적으로 보게 되었다고 할까. 사진 속의 두 아이가 닮아도 이렇게 닮을 수가 없다.

그래서 지금의 내 얼굴도 엄마의 열일곱 살 때 얼굴을 닮았느냐 하면 그건 아니었다. 말하자면 혈연인 두 사람이 폭발적으로 빼닮는 시기가 따로 있는 것 같았다. 이모는 할아버지를 꼭 빼닮은 얼굴로 태어나서 사람들을 모두 놀라게 했다는데, 갓 태어난 빨갛고 쭈글쭈글한 아기 얼굴에서 그런 게 보인다는 점이 신기했다.

"네 엄마, 갈수록 할머니랑 완전 똑같아지는 거 알아?"

이모 말에 따르면 뒤늦게 닮아 가는 것도 있었다. 나는 알아챌 수 없는 사소한 것들—예를 들어 걸음걸이라든가 뒤태, 목소리와 억양 따위가 그랬다. 이모는 종종 우리 집에 와서 자고 난 아침에 엄마가 일어나라고 깨우거나 밥 먹으라고 외치는 소리가 소름이 돋도록 할머니와 똑같다고 했다. 소리 높여 몇 번을 깨워야 겨우 일어나는 이모 또한 한결같다는 뜻도 된다.

다시 사진을 들여다보았다. 할머니가 엄마에게 손수 떠 입힌 원피스를 잘 보관했다가 내게도 입힌 줄 알았는데, 내 원피스는 할머니가 똑같이 새로 뜬 거라고 했다.

"할머니가 나한테 떠 준 이 원피스 아직도 있어?"

엄마에게 사진을 보이며 물었다.

"한동안 갖고 있다가 어쨌더라. 누구 물려준 거 같기도 하고. 아무튼 집에는 없어. 이번에 옷 정리할 때 안 나온 거 보면."

엄마가 신문지로 그릇들을 꼭꼭 싸며 말했다.

"할머니네도 만만찮게 그릇 많을 텐데 그거 다 가져가게? 할머니가 최대한 짐 줄여서 오랬잖아."

엄마는 내 말에 아랑곳하지 않고 찻잔과 종지들까지 꼭꼭 싸서 상자에 담았다. 포장 이사를 불러 놓고도 엄마는 큰 짐에 섞여 들기 쉬운 작은 것이나 깨지기 쉬운 것 그리고 특히 아끼는 것들을 미리 싸 두는 중이었다. 이사 당일에 엄마 차에 싣고 갈 물건들이었다.

할머니네로 들어가면 덩굴장미 앞에서 사진부터 찍을 생각이었다. 열일곱 살의 나와 엄마는 키도 얼굴도 더는 비슷하지 않지만 또다시 시차를 두고 같은 공간에 서는 것만으로도 의미는 충분했다. 덩굴장미가 가득한 그곳은 이제 내가 살 곳이 될 테니까.

내가 태어나 자란 곳을 떠나 엄마가 태어나 자란 곳으로 떠나기 며칠 전이었다. 엄마 말대로 이 집에서 내가 태어나고 자란 건 좋은 일이지만 나쁜 일도 많았다. 정확히 말하면 이 집에 사는 동안 일어난 일들이지만, 엄마도 나도 그 모든 일이 이 집 안에서 일어난 것처럼 여기곤 했다. 할머니마저도.

"망할 그 집에서 당장 나와."

국제 전화 너머에서 할머니가 내뱉은 그 한마디가 주저하던 엄마를 일으켜 세웠다. 바닥을 모르고 잠겨 가던 엄마는 그 말을 듣고서야 비로소 우리가 놓인 상황이 뛰쳐나가야 할 시궁창이란 사실을, 뛰쳐나갈 방법이 있다는 사실을 알았다고 했다. 나 또한 그러기만을 하염없이 기다렸다는 것도 모르고 엄마는 내가 학교를 옮겨야 한다는 데 미안해했다. 내가 엄마의 시궁창을 다 알지 못하듯 엄마도 나의 시궁창을 다 알지는 못했다.

손바닥만 한 집, 그것도 절반의 지분일지언정 본인 명의의 집을 처분하고 무주택자가 되는 것에 막연한 불안을 느끼던 엄마는 언제부터인가 할머니네로 들어갈 날을 손꼽아 기다렸다. 그 집에서 찍은 오래된 사진들을 보고 또 봤다. 나한테는 미안하지만 그 집에서는 좋은 일만 있었다고 했다. 모두가 행복했다고 했다. 할아버지 할머니의 식당도 잘되고 누구 하나 크게 아프지도 않았으며 엄마 삼 남매가 대학에 척척 붙었다고 했다.

"그게 왜 나한테 미안한 일이야."

나 역시 하루빨리 이 집을 떠나고 싶었다. 창밖으로 덩굴장미가 내다보였다는 엄마 방을 내 방으로 약속받은 날부터는 뭐든 견딜 수 있을 것 같았다. 한 달 전에 캐나다에서 돌아온 할머니도 지금쯤 집 안 곳곳을 정리하며 우리를 맞을 준비가 한창일 터였다.

이사 트럭이 짐을 싣고 떠나는 걸 확인한 뒤 엄마와 나도 바로 출발했다. 엄마 차가 아파트 입구로 향하는 동안 단지 안의 놀이터, 어린이집, 슈퍼마켓 따위가 차례로 멀어졌다. 아는 얼굴도 한둘씩 지나갔다. 다시는 여기로 발걸음할 일이 없을 거라고 생각하자 가슴 한가운데가 잠시 울렁였지만 끝내 뒤돌아보지 않았다.

안녕히 가세요.

어서 오세요.

시, 도 경계를 넘을 때마다 도롯가의 팻말이 다가왔다가 멀어졌다. 늘 풍경처럼 지나가던 그 팻말들이 누군가에게는 마지막 인사일 수도, 첫인사일 수도 있다는 걸 처음 알았다.

한 시간쯤 달린 뒤부터는 하나둘 터널이 나타났다. 산이 많아서였다. 길고 짧은 몇 개의 터널을 통과하다가 마침내 가장 긴 터널을 빠져나올 때였다. 탁 트인 시야와 함께 드넓은 호수가 나타나는 순간, 마치 처음인 것처럼 탄성을 지르려던 엄마와 나는 낯선 풍경에 당황한 채 말없이 창밖만 바라보았다. 오래 전, 댐이 건설되면서 인공적으로 만들어지긴 했지만 엄마는 물론이고 어린 나조차 감탄했던 그 호수가 간데없었다. 옆에 두고 달려도 달려도 끝이 없기에 어린 내가 엄마에게 바다인가 묻곤 했던 그 호수는 이제 한참 낮아진 수면 위에 뿌연 안개를 드리우고 있었다. 어째서인지 주위를 에워쌌던 초록도 생기를 잃고 바래 있었다.

"창문 내릴까?"

엄마가 이미 차창을 내리면서 물었다.

그러고 보니 어릴 때도 할머니네 갈 때면 꼭 차창을 내리고 호수를 내다봤던 것 같다. 내가 코를 쥐어 싸며 싫어하던 냄새를 엄마는 시골 냄새, 고향 냄새라면서 한껏 들이마시던 기억도 났다. 그때처럼 요란을 떨며 코를 쥐어 쌀 생각은 없었지만, 어째서인지 기억 속의 냄새와는 다른 냄새가 밀려드는 바람에 나도 모르게 홱 고개를 돌렸다. 그러고 보니 도로를 사이에 두고 호수 반대편에 펼쳐지던 기억 속의 시골 풍경도 사라지고 없었다. 경작지도, 축사도, 소 한 마리도 보이지 않았다. 흙냄새, 거름 냄새, 나무 타는 냄새 따위가 뒤섞인 시골 냄새라는 게 사라진 것은 당연했다.

호수를 낀 도로를 벗어나자 인가가 보이기 시작했다. 엄마가 차창 밖을 흘끔거리며 말했다.

"이쪽 어디에 펜션 들어온다더니, 그래서 다들 비우고 나갔나……."

내가 봐도 방치된 게 틀림없는 집이 서너 집 건너 한 채씩 섞여 있었다. 서너 집이 연달아 비어 보이는 곳도 있었다. 옛날부터 경작지를 끼고 대단위 마을을 이루던 이 지역은 댐 건설과 함께 많은 사람이 떠나는 바람에 한차례 규모가 축소된 데 이어 엄마가 다닌 고등학교 뒤쪽이 재개발되면서 또 한 번 축소되었고, 그중에서도 할머니 집 주변은 어느 해의 홍수 이후로 완전히 쪼그라들어 이제 몇 가구 남지 않았다고 했다.

그런 이야기를 듣는 사이에 차가 제법 좁은 골목으로 접어들었다. 그리고 드디어 할머니네 집 앞에 도착했다. 어렴풋하던 대문과 주변 풍경의 기억이 한순간에 되살아났다.

끼익.

대문이 열리며 할머니가 우리를 맞았다. 한 달 전 공항에서보다는 덜 어색한 만남이었다. 내가 그렇게 엉겨붙었던 할머니라지만 떨어져 지낸 7년은 무시할 수 없었다. 그날처럼 할머니에게 꾸벅 인사하는데, 옆에 있던 엄마가 그날 공항에서처럼 왈칵 눈물부터 쏟았다.

2039년 8월　　　　179

"아이고!"

할머니가 엄마 등을 탁탁 때리듯 토닥이며 마당으로 이끌었다. 대문 안으로 들어서려던 나는 걸음을 멈추고 앞서 걷는 두 사람을 지켜보았다. 앞장서서 나를 이끌고 온 엄마가 어느새 아기처럼 할머니에게 폭 안겨 있었다. 그 모습만으로도, 지칠 대로 지친 엄마를 믿음직한 누군가에게 맡긴 것처럼 마음이 놓였다. 더 일찍 이러지 않은 것이 후회될 만큼.

이윽고 들어선 마당은 어렴풋한 기억과 사진 속의 마당보다 훨씬 작을뿐더러 한여름이 무색하도록 을씨년스러웠다. 그러고 보니 어디에도 덩굴장미가 보이지 않았다. 정원수나 화초라고 할 만한 것 하나 없이 죽은 나무 몇 그루만 덩그러니 서 있었다.

"덥지. 세상에, 에어컨 주문한 지가 언젠데 감감무소식이야."

거실로 들어서자 할머니가 선풍기를 우리 쪽으로 돌려놓으며 말했다.

"시원한 거 한 잔씩 줄까?"

할머니가 주방을 향해 종종걸음 치며 말했다. 바로 그때, 대문 밖에서 요란한 차 소리가 들렸다.

"이사 트럭 왔나 보다. 제니야, 저 방 가 봐. 엄마 방 쓰기로 했다면서. 할머니가 환영 선물 사다 놨다."

할머니가 방문 하나를 가리키고는 슬리퍼를 꿰신고 나갔다. 엄마가 따라 나간 뒤 나 혼자 남자 어쩐지 엄마뿐 아닌 나까지도 멀고 긴 시간을 돌아 마침내 제자리에 도착했다는 생각과 함께 피로감이 몰려들었다. 순수한 기억에서인지, 이곳에서 찍은 사진을 본 기억에서인지 몰라도, 문짝과 마룻바닥의 색깔과 질감, 주방의 위치, 오래된 식탁 등, 벽에 붙은 전등 스위치 같은 것에서 하나하나 익숙함이 되살아났다.

내 방이 될 방을 향해 발걸음을 옮기자 마룻바닥에서 삐거덕 소리가 났다. 그러고 보니 예전에도 마룻바닥에서 이런 소리가 났고 그때마다 재미있어한 것도 같았다. 생각난다. 그 소리가 재미있어서 일부러 쿵쿵 걷고 마구 뛰기도 했다. 방을 열고 들어서자 빈방 창가에 커다란 새 침대가 놓여 있었다. 할머니가 말한 선물인가 보았다.

"와……!"

나도 모르게 낮은 탄성이 새어 나왔다. 이 이사의 모든 점이 좋았지만 새 침대는 단연 최고였다. 게다가 이렇게 큰 침대라니. 더블 사이즈는 돼 보였다. 이사 전날까지 쓰던 내 침대는 엄마가 결혼 전까지 쓰던 침대였고, 다 꺼진 매트리스에서는 늘 허리가 아팠다. 비닐도 뜯지 않은 새 매트리스 위에 누워 이리저리

뒹굴어 보았다. 좋았다. 말할 수 없이 좋았다.

"야, 일어나. 짐 들어와."

나도 모르게 침대 위에서 잠든 모양이었다. 익숙한 목소리
에 눈을 뜨자 난데없이 이모가 눈앞에 서 있었다.

"어, 이모가 갑자기 웬일이야⋯⋯?"

눈을 비비며 일어나던 나는 정신이 번쩍 들었다. 침대 발치
에 이모의 커다란 여행 가방이 놓여 있었다.

"웬일은 뭐가 웬일이야. 살러 왔지."

잠이 덜 깼나 싶어 몇 번이나 눈을 비볐지만 눈앞에 있는
건 틀림없는 이모였다.

얼마 안 되는 짐을 부려 놓고 이삿짐센터 인부들이 돌아간
뒤였다. 어느새 바깥이 어둑어둑해져 있었다.

"엄마는, 쟤도 들어오는 거면 말을 해 주지⋯⋯."

그릇 포장을 풀던 엄마가 중얼거렸다. 별 뜻 없이 흘린 말
같았지만 뼈 있는 말이라는 걸 나만은 모르지 않았다. 엄마 말
에 따르면 이모는 세상 게을러빠진 데다 정리 정돈이라고는 모
르는 더러운 인간이었다.

"말한다고 뭐가 달라지냐. 그 집 처분하고 전학 절차까지
다 밟았는데 어쩔 거야. 쟤 온다고 무를 것도 아니고."

엄마와 내가 건네는 그릇들을 찬장 이곳저곳에 끼워 넣으며 할머니가 말했다.

"그래도……."

엄마가 입을 삐죽였다. 머릿속에서 온갖 복잡한 생각이 뒤엉키고 있을 게 불 보듯 뻔했다. 나도 이렇게 심란한데.

"거, 듣다 보니 묘하게 기분 나쁘네. 내가 못 올 데 온 것도 아니고."

부스스한 머리로 방에서 나온 이모가 냉장고에서 물병을 꺼내며 말했다.

"야, 입 대고 마시지 마!"

엄마가 다급히 쏘아붙이는 소리에 이모의 손이 우뚝 멈췄다. 물병 주둥이가 이모 입에 닿기 직전이었다.

"아우, 씨……."

이모가 컵을 찾으며 중얼거렸다.

"씨? 너 애 앞에서 말 곱게 못해?"

엄마가 정색을 하고 또 한 번 이모에게 쏘아붙였다.

"나한테 하는 소리야, 나한테. 아우, 이거 봐. 왜 난 컵으로 마시면 이렇게 질질 흘리냐고. 빨대를 써야 되나……."

이모가 젖은 입가를 손등으로 훔치며 중얼거렸다. 저 실없는 소리마저도 엄마가 딱 싫어할 짓이었다. 엄마가 물이 뚝뚝 떨어진 이모의 티셔츠 앞자락을 보며 미간을 찌푸렸다.

"언니. 엄마가 안 된다는 거 내가 우겨서 온 거야. 남친이랑 깨지고 방까지 뺀 불쌍한 인간 좀 거둬 주면 안 되냐, 인간적으로. 오래 안 있어. 웹툰 계약만 따내면 바로 방 얻어서 나간다고."

이모가 엄마에게 두 손을 모아 보이고는 나를 향해 윙크했다. 그러고 보니 이모의 두 눈이 부어 있었다. 코도 빨갰다. 눈 좀 붙이겠다고 비켜 달라더니 운 모양이었다. 그렇대도 나한테야말로 윙크가 아니라 엎드려 절을 해도 모자라는 거 아닌가. 결국 내가 거둬 주는 꼴이 됐는데.

독방을 보장받고 이사 온 나는 첫날부터 이모와 한방을 쓰게 될 줄은 꿈에도 몰랐다. 이모와 엄마를 어떻게든 한방에 몰아넣으려고 했지만 두 사람은 서로를 노려보며 결사반대했다. 할머니는 무슨 일이 있어도 안방은 절대 내줄 수 없다고 처음부터 못 박은 터였고. 세 사람이 모두 나만 바라봤다. 더블 침대에서 알아차렸어야 하는 건데.

"아, 몰라. 성적 떨어지면 다 이모 책임이야."

"에이, 걱정 마. 이몬 밤에 잠만 잘 거니까 그냥 네 방이다 생각하고 편하게 써."

말과 달리 이모는 바깥출입이 없었다. 말 그대로 침대와 한 몸이었다.

"이모가 실연의 상처가 너무 깊다, 흑."

그런 사람이 하루 종일 자나. 코까지 골면서.

의심의 눈초리를 느꼈는지 이모가 한 번씩 통곡을 하기는 했다. 동네 창피할 정도로 울어 댈 때는 연기를 하나 싶다가도 그 울음 끝에 얼굴을 베개에 파묻고 소리 죽여 흐느낄 때면 어쩐지 나까지도 울고 싶은 기분이 들곤 했다.

우리 집.

독방과 덩굴장미를 하루아침에 잃은 것으로도 모자라 밤낮이 뒤바뀐 최악의 룸메이트까지 만났음에도 나는 새로 갖게 된 우리 집이 더없이 좋았다. 이전으로는, 무심코 들어섰다가 어떤 상황을 맞닥뜨리게 될지 몰라 현관 앞에서 망설여야 했던 그 집으로는 결코 돌아가고 싶지 않았다. 바뀐 '집'만큼이나 바뀐 '우리'도 좋았다. 누군가와 어떤 식으로든 이별을 겪은 네 사람이 마침내 한자리에 모여 이룬 우리는 저마다의 조각나고 깎인 자리가 서로에게 꼭 들어맞는 네 개의 퍼즐 조각 같았다. 며칠에 한 번은 넷 중 어느 둘 사이에서 큰소리가 터져 나왔지만 귀를 틀어막고 숨죽인 채 떨지 않아도 되는 날들이었다.

때로는 하찮고 때로는 치사하고 때로는 앞뒤라고는 맞지 않는 이런 일상과 가족이야말로 내가 간절히 바랐어야 하는 것이었다. 거실이나 안방에서 들려오는 거친 소리를 견딜 때마다 공익 광고에서처럼 웃음꽃 가득한 가족의 환상을 바랄 것이 아니라. 고만고만하면서도 어제와 다른 날들의 연속은 튕겨 나가고 흩어져 있던 퍼즐 조각들은 언제고 슬그머니 서로에게 들어맞게 돼 있다는 믿음을 확인하게 했다.

그 일을 알게 되기 전까지는.

천국 같은 학교가 있을 리 없고 무슨 일이 일어나도 이상하지 않은 곳이 학교일 테지만, 엄마가 졸업한 학교라는 점만으로도 전학을 앞둔 긴장의 절반 정도는 사그라드는 듯했다. 첫 등교를 며칠 앞둔 주말이었다. 저녁을 먹고 엄마와 함께 산책하러 집을 나섰다가 학교도 미리 구경할 겸 버스에 올랐다. 호수와 멀어지는 방향이어서인지 학교가 가까워질수록 안개가 옅어지는 것 같았다.

"저 아파트들도 이제 많이 낡았네."

학교 앞 정류장에서 내려 학교를 둘러볼 때였다. 엄마가 학교 뒤에 병풍처럼 늘어선 아파트를 보며 말했다. 학교를 경계로 그 뒤 일대에 아파트가 들어서면서 학생 수가 급격히 늘었는데, 그 덕에 학교는 이런저런 시설과 다양한 동아리 활동을 지원받을 수 있었다고 했다.

"학교에 아파트 애들 잔뜩 들어온다고 해서 기죽어 있었거든. 근데 전학 온 애들이 우리보다도 착하고 순진했던 거 있지. 서울이고 지방이고 학폭이다 왕따다 시끄러울 때도 우리 학교는 얼마나 조용했다고. 다들 잘 있나 모르겠네. 보고 싶다."

그 시절을 두고두고 그리워할 수 있는 엄마가 부러웠다. 왜 아이들은, 사람들은 세대를 거칠수록 더 사납고 더 못되게 구는 걸까. 나는 어쩌다 이렇게 쉽게, 이유도 없이 누구를 미워하는 시대에 태어났을까.

"이제니라고 해."

아이들의 시선이 드문드문 날아왔다가 흩어졌다. 2학기 개학과 함께 첫 등교를 할 수 있도록 전학 시기를 늦춘 사람은 엄마였다. 그 집을 떠날 준비를 마친 건 좀 더 일렀지만 전학은 학기 중간보다 새 학기 시작에 맞추는 편이 낫겠다는 판단에서였다. 그 덕에 엄마도 나도 각자의 시궁창을 좀 더 버텨야 했지만 충분히 가치 있는 일이었다.

담임이 가리킨 자리로 가 앉을 때까지 시선 하나가 따라왔다. 반사적으로 머리가 주뼛 섰다. 어떤 의도가 담겼는지 알 도리가 없는 그 시선을 일단은 피하고 싶었다. 어떤 아이인지도 모르는 채로 덜컥 가까워지고 싶지 않았다. 또 그런 일을 겪고 싶지 않았다.

교실을 나선 뒤에도 내게서 떨어질 줄 모르는 시선을 느낀 건 엄마와 통화를 마치고 나서였다. 알지도 못하는 아이를 향해 내가 너무 예민하게 구는 건 아닐까 하며 잠시 내려놓았던 신경이 다시 곤두섰다.

뒤통수에 꽂히는 시선을 무시하며 잰걸음으로 버스 정류장을 향할 때였다.

"이사는, 잘했어……?"

시선의 주인이 틀림없을 아이가 뒤에서 물었다. 날이 서거나 공격적인 목소리는 아니었다. 오히려 주저하는 말투에 가까웠다. 그렇대도 처음 보는 전학생에게 이런 걸 묻기도 하나? 학교가 아닌 집에 대해서? 전학은 보통 이사를 전제로 하지만 나 또한 전학생에게 이런 걸 궁금해한 적은 없었다. 아침에 이어폰을 챙겨 오지 않은 걸 후회하면서 못 들은 척 발걸음을 옮겼다.

"그 동네는…… 어때? 마음에 들어……?"

그 동네? 그 순간, 등골이 오싹했다. 곧이어 머릿속을 휘저으며 단어 하나가 떠올랐다.

스토커.

처음 본 사람을 스토킹하기도 하나? 심지어 본 적도 없는 아이를 스토킹하려고 미리 동네를 알아내기도 하나? 설마 집까지 아는 걸까? 도대체 어떻게? 왜? 심장이 조여드는 걸 느끼는 순간, 기다리던 버스가 시야에 들어왔다. 살았다. 얼른 그 버스를 향해 목을 길게 빼고 버스 카드를 꺼내 들며 내가 곧 저 버스를 탈 거라는 정확한 의사를 드러냈다. 바로 다음 순간, 그 아이가 따라 타라는 신호로 받아들였을까 봐 아차 싶었지만.

"어, 저기, 집으로 갈 땐 그거 빙 돌아가는데……."

뒤에서 제법 가까이 다가와 중얼거리는 소리에 급기야 머릿속이 하얘지면서 버스 카드를 든 손에서 힘이 쭉 빠졌다. 버스가 서고 문이 열릴 때까지의 시간이 영원 같았다. 여전히 못 들은 척하면서 얼른 버스에 올랐다. 제발 그 애가 따라 타지 않기를 바라면서.

사람들 틈을 비집고 뒷자리로 향하던 나는 고개를 푹 숙인 채 정류장에서 발길을 돌리는 그 아이를 보고 말았다. 그러니까, 버스를 탈 것도 아니면서 정류장까지 나를 따라왔을 그 아이를.

대꾸하지 않기를 백번 잘했다는 생각과 함께 등줄기에서 식은땀이 흘렀다. 무슨 이야기인지는 몰라도 한번 대꾸했다가는 대화가 어떻게 흘러갔을지, 어떤 관계가 시작되었을지 모를 노릇이었다.

심호흡을 하며 정신을 가다듬었다. 아직은 아무 일도 일어나지 않았다. 제대로 시작하면 된다. 바보처럼 당하지는 않을 것. 누구에게도 마음 열지 않고 누구도 믿지 않으며 누구와도 엮이지 않을 것. 그러면서도 너무 못난 외톨이로 보여 먹잇감이 되지는 말 것. 그 대가로 외로움이 주어지겠지만 얼마든지 견딜 수 있었다. 만신창이가 되는 것보다는 그게 백번 나았다.

버스에서 내려 동네 어귀로 접어든 뒤에도 그 아이가 따라올 것만 같아서 모퉁이를 돌 때마다 곁눈질했다. 마지막 모퉁이를 돌고서야 잔뜩 곤두섰던 신경을 가다듬며 오르막길을 걸을 때였다. 저 멀리 옆집 대문 앞에서 누가 나를 빤히 바라보는 게 느껴졌다. 이사하던 날 우리 집을 기웃거리길래 잠깐 인사한 그 집 할머니였다. 들러붙는 시선 하나를 겨우 따돌렸다 싶었는데 생각지도 못한 장소에서 이런 시선이 기다리고 있을 줄은 몰랐다. 피로가 몰려오다 못해 약간 울고 싶은 기분까지 들었다. 얼른 폰을 귀에 대고 통화하는 척하면서 그 할머니를 지나친 다음 열린 대문 안으로 급히 들어섰다. 이모가 금이 간 담장을 땜질하면서 할머니와 이야기를 나누고 있었다.

"그깟 월세 몇 푼 받겠다고 생판 남한테 내줬다가 집이 이 꼴 났지 뭐냐고. 그 좋던 나무며 화초며 싹 죽여 놓은 거 봐. 자기 집 아니라고. 느이 언니가 나 캐나다 가 있는 동안 여기 들어와 살고 싶다고 슬쩍슬쩍 눈치 줄 때 못 이기는 척하고 내줄걸, 어찌 그리 싹 모르는 척을 했나 몰라."

"엄마가 좀, 매정한 데가 있지."

"암튼 언니한텐 비밀이야. 저한테 내쳤으면 이럴 일 없지 않았겠냐고 팔짝팔짝 안 뛰겠냐."

"언니가 들어와 살았으면 그거 하나는 확실했겠지. 쓸고 닦고 쓸고 닦고. 어휴, 병이야, 병."

"그거도 그거지만 그 집 세 식구 여기 들어왔으면 그렇게는 안 살지 않았겠나 싶은 게, 언니랑 강 서방도 그렇게는 안 됐지 싶고."

"그러는 엄마야말로 캐나다엘 가지 말았어야지. 딱 봐도 가서 애나 보면서 눈칫밥 먹게 생겼더만, 말릴 때 좀 듣지. 그래도 어떻게 말도 안 통하는 며느리랑 7년을 살았냐."

"시끄러."

끄응 소리를 내며 일어서던 할머니가 나를 돌아보고는 우뚝 멈췄다.

"아유, 제니 왔네. 학교는 마음에 들디?"

호들갑스레 나를 반기는 할머니와 달리 이모는 돌아보지도 않고 툭 던지듯 말했다.

"이제니, 어디서부터 들었는지 몰라도 엄마한텐 비밀이야."

우리가 7년 전에 이 집에 들어와 살았다면 정말로 엄마 아빠가 헤어지는 일이 없었을까? 엄마 말대로 뭐든 잘되던 이 집에서였다면 우리가 그렇게 너절하게 살지도 않고 두 사람이 그렇게 서로를 못 견디는 일도 없었을까? 공간이 달라지면 사람도 관계도 삶도 달라지는 걸까?

"근데 옆집 할머니는……."

내가 말을 마치기도 전에 밥 먹던 세 사람의 손이 일제히 멎었다. 그와 동시에 엄마와 이모가 나를 향해 미간을 찌푸렸다. 말도 꺼내지 말라는 뜻이었다. 달그락달그락 수저 소리만 들리는 가운데 이모가 나를 향해 눈을 희번덕거리고 입을 오물거리며 별 신호를 다 보냈다. 입이 근질거려서 미칠 것 같은 모양이었다. 이모는 할머니의 잔소리 세례 속에서 요란하게 설거지를 마치고서야 허겁지겁 방으로 들어왔다.

"너한테도 그래, 그 아줌마가? 너한테는 아줌마가 아니라 할머닌가? 아무튼 느이 엄마 이혼했냐 어쨌냐 그래?"

"말 걸까 봐 쳐다도 안 보고 왔는데."

"잘했어. 너한테까지 그랬으면 나 정말 가만 안 있었어."

"무슨 일 있었어? 아니면, 그 할머니 원래 좀 이상해? 대문 앞에 서서 사람 빤히 쳐다보더라. 기분 나쁘게."

"사람이 예의가 없어, 예의가."

"그 할머니, 엄마랑 이모 어렸을 때부터 옆집에 살았다고 하지 않았어? 할머니들끼리 친했다고?"

"맞아. 둘이 언니 동생 하고 살았어."

"근데."

"나이 들면서 이상해진 건가 했는데, 지금 생각하니까 젊었을 때도 이상했네. 맨날 우리 성적 물어보고, 아무튼 샘도 많았어. 그 집 딸이 나랑 동갑이었는데, 내가 새 옷 입으면 자기 딸한테도 똑같이 사 입혔다니까. 맞아, 문제집도 꼭 똑같은 거 사서 풀렸어. 어우, 소름 끼쳐."

그러면서 이모는 낮에 두 할머니가 대판 싸운 이야기를 들려주었다. 시작은 대수롭지 않았지만 언젠가 한 번은 터질 일이었다고 했다. 할아버지가 돌아가신 뒤 할머니가 이 집에 세를 놓고 캐나다 외삼촌네 가 있는 동안 이 동네에서 지역주택조합 사업이 추진됐는데, 우리 할머니가 동의하지 않는 바람에 무산되었다는 게 그 할머니의 주장이라고 했다.

"그때 동의 안 한 게 엄마 한 사람이 아니었거든. 그리고, 할 거면 학교 뒤로 아파트 들어설 때 진작에 묻어갔어야지, 이제 와서 요만한 동네에 무슨 제대로 된 아파트가 들어오겠냐고. 꼴랑 두세 동 짓는 동안 쥐꼬리만 한 이주비로 어디 가서 지낼 것이며. 안 그래? 아파트 지으라고 쑤시고 다니던 그 업자도 완전 사기꾼 같고."

그러고 보니 몇 년 전, 캐나다에 있는 할머니 대신 엄마가 시간을 쪼개 가며 이 동네에 관해 이것저것 알아보러 다닌 일이 얼핏 생각났다.

"근데 그 싸움이 어디까지 간 줄 알아? 와, 내가 기가 막혀서."

사업 무산을 기점으로 시간을 거슬러 올라가면서 서운했던 일을 하나씩 주고받던 두 사람이 급기야는 서로 주고받은 축의금인지 부의금인지의 액수가 안 맞는다며 난타전을 벌였다는 것이다.

"네가 그거 봤어야 되는데. 두 사람 배틀이 아주 그냥."

웃음을 참지 못하고 낄낄대던 이모가 방문이 벌컥 열리자 빛의 속도로 이불을 뒤집어쓰며 돌아누웠다.

"애한테 쓸데없는 소리 하기만 해."

엄마 말에 대꾸도 없이 죽은 듯 웅크려 있던 이모는 엄마가 한참 노려보다가 나간 뒤로도 움직일 줄 몰랐다. 덥지도 않나. 오늘도 저러다가 그대로 잠들겠구나 할 때였다. 돌아누운 이모의 어깨가 들썩이더니 입을 틀어막고 흐느끼는 소리가 들려왔다.

"송재훈, 이 개자식아……."

불을 끈 다음 이모 옆에 살그머니 누워 전자 교과서를 켰다. 예습이 아닌 잠을 청하는 용도였다. 국어 교과서에 실린 시 몇 편을 읽고도 잠이 오지 않아서 소설을 읽는데 이불 속에서 이모가 나직이 물었다.

"자……?"

"아니."

이모가 자다가 깬 건지, 여태 깨 있었던 건지 모르겠다. 아니면 내내 숨죽여 울었는지.

"얘기 하나 해 줄까?"

이모가 이불을 걷어 젖히며 말했다. 드디어 남친과 헤어진 사연을 털어놓으려는 걸까.

"너 이 동네 땅값이 왜 몇십 년째 안 오르고 똑같은 줄 알아?"

뜬금없이 땅값 이야기라니.

"조선 시대 때 여기가 귀양살이하던 데였대."

"그게 지금 땅값이랑 무슨 상관인데?"

대역죄인의 유배지라면 그만한 이유가 있지 않았겠느냐며 말문을 연 이모는 몇십 년이 아니라 몇백 년에 걸쳐 이 지역에서 일어났다는 기괴한 일들을 늘어놓았다. 그중에는 오래전에 들려준 흔해 빠진 괴담도 있었는데, 어느새 이 지역에서 일어난 실화로 둔갑해 있었다.

그렇고 그런 괴담 중에서 댐 건설로 생긴 저 호수 바닥에 어마어마하게 많은 시체가 파묻혔다는 이야기는 솔깃했다. 처음 듣는 이야기였다. 이모 말은 원래 반 이상 걸러 들어야 하는 법이지만 댐 건설 결정과 반대 운동, 수몰 예정 지구의 이주민 수, 공사 규모 같은 팩트와 엮어서 늘어놓으니 제법 그럴듯하게 들렸다.

"댐 들어선다는 거 알고 온갖 폐기물 갖다 버린 건 그렇다 쳐도 사람까지 파묻고 말이야. 어유, 끔찍해."

이모가 부르르 몸을 떨고는 말을 이었다. 최소한 댐 착공 직전의 1년 동안 전국에서 일어난 실종 사건의 대부분은 살인일 것이며 그 희생자들이 호수 밑에 파묻혔을 거라고 했다.

"바보들. 무조건 거기부터 파 봤어야지. 전국에서 온 시체가 줄줄이 나왔을 건데."

호수 면적에 가까운 그 넓은 곳 어디를 팠어야 한다는 말일까. 시작은 그럴듯했지만 역시나 신빙성 없는 이야기였고 그래서 다행이었다. 자다가 화장실에 갈 걱정이 쏙 들어갔다. 나를 쉽게 잠들지 못하게 한 건 이모의 그다음 말이었다.

"우리 어렸을 때 이 동네에 홍수 났다는 얘긴 엄마한테 들었지? 그게, 비 때문이 아니라 땅에서 솟은 물 때문이었거든. 다행히 이쪽은 지대가 높은 편이어서 큰 피해 없었는데 내리막길

쪽에 있던 집들은 난리도 아니었어. 엄마 아빠가 우리더러 꼼짝 말고 집에 있으라면서 이 집 저 집 물 퍼내러 다니고. 갑자기 지하에서 썩은 물이 솟구쳤다는데, 그 물이 뭐겠냐. 시체 썩은 물이지. 그 물이 호수에서부터 몇십 년 동안 땅에 스며들어서 그 난리가 난 거 아니겠냐고. 다른 건 몰라도 그때 그 냄새는 지금도 기억나. 어우, 정말 한 1년은 갔다니까."

금세 작게 코를 골며 잠든 이모 곁에서 나는 여기에 오던 날 호수를 지나면서 맡은 묘한 악취를 떠올렸다. 이사 온 뒤로도 한동안 마당에 서면 코끝을 스치던 희미한 악취. 할머니, 엄마, 이모에게 물어도 모르겠다고 해서 이상한 내 코를 탓하며 더는 묻지 않았던 그 악취가 혹시 그때 이 마을을 뒤덮었다던 냄새와 같은 것일까. 냄새가 눈에 보이는 것이라면 그림이라도 그려 보이며 이렇게 생긴 냄새를 맡아 본 적 없느냐고 묻겠지만 묘사할 길 없는 냄새를 나만 맡는 것처럼 답답한 일도 없었다. 한편으로는 냄새만큼 쉽게 익숙해지는 것도 없었다. 혹시 나한테 배어서 내가 못 느끼는 건가 하고 팔뚝이나 옷자락을 코에 대고 킁킁거리곤 하다가 언제부터인지 잊고 있던 그 냄새가 밤새 내 주위를 감도는 것만 같았다.

나도 모르게 팔뚝과 윗도리 앞섶을 코에 대고 킁킁거리며 집을 나선 나는 학교가 가까워질수록 다른 이유로 신경이 곤두섰다. 그 아이 생각을 하지 않을 수 없기 때문이었다. 마음 같아서는 애초에 그 이상한 관심을 노골적으로 거부하거나 차단하고 싶지만 문제는 그 아이가 반에서 또는 학교에서 어떤 존재인지를 아직 파악하지 못했다는 데 있었다. 모질게 잘라 내도 되는 아이인지, 그랬다가는 일을 복잡하게 만들거나 역풍을 불러올 아이인지. 며칠 동안은 티 나지 않게 거리를 두는 동시에 그 아이와 주변을 살펴봐야겠다고 생각하면서 교실에 들어섰다.

그 아이가 온라인 등교를 했다는 것은 1교시가 시작되고서 알았다. 불쾌하고 머리 아픈 일을 하루라도 유예할 수 있어서 다행이었다. 게다가 주 2회까지로 허용된 온라인 등교를 잘만 활용하면 예체능 수업이 몰린 목요일만 빼고는 그 아이와 거의 마주치지 않을 수 있을 것 같았다. 이게 최선이었다. 그 아이와 날짜가 겹치지 않게 온라인 등교일을 정할 방법이 문제였지만. 어쨌든 첫날부터 머리카락을 주뼛하게 한 아이 하나가 눈에 보이지 않는 것만으로도 제법 마음이 평온해졌다.

이렇게만 굴러가도 바랄 게 없을 듯한 하루를 보내고 집으로 향할 때였다. 마지막 모퉁이를 도는 순간, 눈앞에서 그 하루가 박살 나는 광경을 보고 말았다. 누가 우리 집 대문을 기웃거리고 있었다. 그 아이였다. 노랗게 탈색한 커트 머리만 봐도 알 수 있었다.

얼른 모퉁이를 되짚어 나와 다른 골목을 향해 빠르게 발걸음을 옮겼다. 그리고 또 다른 모퉁이 뒤에 몸을 숨긴 뒤 폰만 살짝 내밀고 카메라 앱을 켰다. 머리를 내밀고 지켜보다가 그 애와 눈이라도 마주쳤다가는 대면을 피할 수 없을 터였다. 잠시 뒤, 그쪽 모퉁이를 돌아 나온 그 아이가 뭔가를 찾는 듯 두리번거리면서 큰 사거리를 향해 멀어져 가는 모습이 폰 화면에 잡혔다.

그 아이와의 거리를 가늠하는 일이 유예되기는커녕 바짝 앞당겨졌다는 적신호가 나를 풀썩 주저앉혔다. 그 아이가 어떤 아이인지 알아보려고 내가 마음먹은 사이에 이미 그 아이가, 아니 어쩌면 그 아이를 앞세운 반 전체가 내가 어떤 아이인지를 알아보는 중인지도 몰랐다. 다른 동네도 다른 도시도 아닌, 아예 다른 지방으로 멀리 전학 온 나에 관해 예전 학교 아이들이 무슨 이야기라도 퍼뜨린 걸까? 내가 피해자였다. 가장 친하다고 믿은 친구를 통해 내가 하지도 않은 말의 출처로 지목된 나였다. 그 누명을 끝내 벗지 못한 채 도망치다시피 떠나온 나를 그 아이들은 멀리서라도 계속 괴롭히고 싶은 걸까?

한번 떠오른 생각이 머리채를 잡고 놓아 주지 않았다. 망상이라는 것을 알면서도 수렁에 잠기는 느낌을 멈출 수가 없었다. 뭐라도 해야 했다. 실체를 알 수 없는 일을 가지고 다짜고짜 도움을 청할 수는 없었지만 일단 이모에게 전화를 걸 이유가 생겼다. 일어서려고 했지만 다리에 통 힘이 들어가지 않았기 때문이다. 전화를 받은 이모는 내 얘기는 듣지도 않고 다급히 속삭였다.

"야, 빨리 와. 배틀 2라운드 간다!"

이모에게 기대어 어수선한 마당에 들어서자 모여 있는 사람들 너머로 제일 먼저 무너진 담장이 눈에 들어왔다. 가슴이 철렁했다. 이모가 땜질한 담장이었다. 무너진 담장 앞에서 옆집 할머니가 식식대고 있었다.

"어제 둘째 딸이랑 같이 땜질한다 어쩐다 했잖아. 내가 못 들었을 거 같아? 사람이라도 다쳤으면 어쩔 뻔했냐고, 응?"

"놀란 건 우리도 마찬가지야. 사람 안 다쳤으니 천만다행이고. 근데, 우리가 일부러 그쪽으로 민 것도 아니고 어제 땜질한 담장이 이제 와서 저 혼자 무너진 건데 그게 어째 우리 책임인가. 그러면, 이쪽으로 무너졌으면 그쪽 책임인가."

간밤에 이모에게 들은 것처럼 과연 할머니는 한 수 위였다. 목소리만 큰 옆집 할머니와 달리 짐짓 점잖으면서도 싸늘한 말투로 상대를 지그시 누르고 있었다. 자못 팽팽한 2라운드를 엄마와 이모가 난감한 얼굴로 지켜보는 가운데 모르는 얼굴 하나가 보였다. 옆집 쪽으로 무너져 내린 담장 잔해를 살피던 중년 아저씨가 두 할머니 사이로 저벅저벅 걸어왔다. 그러고는 레슬링 심판이라도 되는 듯이 양팔을 좌우로 뻗으며 말했다.

"자, 자, 이거 누구 책임 문제가 아니라 애초에 담장을 잘못 세웠는데, 두 분 다 그거 모르셨나 보네?"

놀란 두 할머니가 말을 잃은 틈을 놓치지 않고 이모가 끼어들었다. 땜질 작업으로 덮어쓴 혐의를 벗을 수 있는 절호의 기회였다.

"그죠? 처음부터 담장 공사가 잘못됐던 거죠? 그러니까 공사비 반반 부담하고 새로 하라 그 말씀이시잖아요. 어유, 아저씨 정리 한번 잘하신다. 깔끔하게."

"아니! 지금 부실 공사 얘기가 아니라, 담장 위치가 틀렸다니까요. 이거 토지 분쟁감이라고!"

분쟁이라는 말에 두 할머니는 물론이고 엄마와 이모, 나까지도 얼음처럼 굳었다. 앞집에 산다는 그 아저씨는 아주 오래전에 구식 한옥을 허물고 처음으로 현대식 주택을 짓는 과정에서 지적도라는 서류에 표시된 토지 경계와 어긋나게 담장을 올린 경우가 제법 많았다고 했다. 그리고 그 상태로 주택 매매가 계속되다가 그 사실이 지금처럼 뒤늦게 드러나기도 한다고 덧붙여 설명했다. 맨 처음 주춧돌이 놓였던 자리일 거라면서 아저씨가 담장 너머로 가리킨 두 지점을 이으면 지금의 담장과 약 1미터 간격으로 나란한 선이 생길 터였다. 아저씨는 그 가상의 선이 제대로 된 토지 경계일 거라고 했다. 이모를 시작으로 아저씨의 말뜻을 이해한 엄마와 할머니의 얼굴에 차례로 화색이 돌았다. 담장과 그 선 사이의 좁고 기다란 땅이 본래는 할머니 소유일 가능성이 높다는 뜻이었다.

이 뜻을 마지막으로 이해한 옆집 할머니가 떨리는 목소리로 말했다.

"무슨 말도 안 되는 소릴 하고 있어. 내가 우리 윤정이 아빠랑 저 집 계약할 때부터 담장 자리가 여기였는데. 내가 가서 우리 집 서류 다 가져올 테니까 다들 딱 기다리라고."

그러고는 황황히 대문을 향하던 옆집 할머니가 발길을 돌리더니 무너진 담장을 넘어갔다.

"저저, 노인네가 위험하게. 그나저나 뭔 서류를 갖고 와. 지적도를 떼 봐야지."

아저씨가 혼자 중얼거리는 가운데 우리 넷 사이에는 침묵이 흘렀다. 담장이 무너진 것도 놀라웠지만 양쪽 집이 서로 토지를 물고 물린 것도 모르는 채로 수십 년 동안을 살아왔다는 게 더 놀라웠다. 혼자서 한참 폰을 들여다보던 이모가 다들 모이라고 손짓했다. 그러고는 무너진 담장 이쪽저쪽을 오가기도 하고 멀찍이 떨어져서 살펴보느라 분주한 아저씨를 힐끔 곁눈질하고는 작은 소리로 말했다.

"이거 말 그대로 분쟁감인 거 맞는데, 소송까지 가면 골치 아프겠어. 사례 찾아보니까."

이모가 검색한 결과에 따르면 문제의 토지에 대해 경계 측량을 실시하고 실제 소유자인 것이 판명되면 점유자, 즉 남의 땅을 침범한 사람을 상대로 부당 이익 반환 소송도 제기할 수 있지만 상대가 점유 취득 시효를 앞세워 방어할 경우 패소할 수도 있었다. 다시 말해 20년 이상 쌍방이 평온하고 공연한 상태로 경계를 유지한 경우에는 점유자의 소유권이 인정될 수도 있다는 말이었다.

"실제 소유자가 상대방의 점유를 묵인해 준 걸로 본다는 뜻 같아. 애초에 엄마가 이 집 사기로 한 순간 저 담장 위치를 토지 경계로 인정한 걸로 본다는 얘기지."

이모가 설명을 덧붙였다.

"이런 일로 이웃 간에 소송까지 가는 건 좀 그렇지 않아? 아까 듣다가 난 좀 짠하던데. 우리 윤정이 아빠, 하는 대목에서. 돌아가신 아저씨 생각도 나고."

엄마는 그렇게 말할 줄 알았다. 손해를 보더라도 시끄러워지지 않는 쪽을 택하는 사람이었다. 할머니는 그 물러 터진 성격이 늘 걱정이라고 하지만.

"패소 비용 대비 그동안 쌓인 부당 이익 액수가 크다면 해볼 만할지도? 어떻게, 견적부터 내 봐?"

눈치 빠르고 계산 빠른 이모는 해보자는 쪽이었다. 왠지 조금 신나 보이기도 했다.

생각에 잠긴 할머니만이 굳게 입을 다물고 있었다. 할머니의 뜻을 다 알 수는 없지만 내가 생각해도 쉽게 결정할 문제는 아닌 듯했다. 담장을 따라 1미터 폭 남짓한 땅을 되찾는 게, 최근에 대판 싸웠다고는 하지만 40년 지기에게서 그 땅을 돌려받는 게 할머니에게 어떤 의미일지가 중요할 것 같았다.

"어떻게 할 거야?"

이모가 할머니에게 물었다.

"앞으로 하는 거 봐서."

할머니는 당장 일을 진행하지는 않겠지만 이걸 구실로 옆집 할머니를 은근히 압박할 생각인 것 같았다. 짧은 한마디에 앞으로 펼쳐질 복잡한 상황이 압축되어 있었다.

1미터 남짓한 폭으로 담장을 이동하는 문제 앞에서 세 사람이, 아니, 옆집 할머니까지 네 사람이 저마다 다른 해법을 찾고 있었다. 이런저런 숫자 외에도 관계라는 변수까지 낀 여간 복잡한 문제가 아니었다. 정말로 법적 공방까지 간다면 어떤 판결이 나올지 모르지만 어쨌든 현재로서는 할머니 쪽에서 칼자루를 쥔 셈이었다. 누가 알려 주지 않는다면 또는 법정까지 가지 않는다면 아마 옆집 할머니는 자신에게도 점유 취득 시효 주장이라는 무기가 있다는 것을 끝까지 모를지도 모른다. 이 문제를 처음 끄집어낸 아저씨도 그 사실을 모르는 건지, 아니면 알면서도 어떤 이유로 옆집 할머니에게 알려 주지 않은 건지는 모르겠다. 어쨌든 지금 돌아가는 상황은 아저씨까지 포함한 네 명과 옆집 할머니 한 명이 대치하는 모양새가 되어 있었다.

사고 현장을 목격한 뒤로 정신없이 흘러가는 상황을 지켜보던 나는 어째서인지 이 외로운 싸움에 휘말린 옆집 할머니에게서 나를 보는 것 같았다. 그때도 내 옆엔 아무도 없었다. 선 너머에서 노골적으로 얼음장 같은 시선을 퍼붓던 아이들은 물론이고 내 곁에서 눈을 감고 귀를 막고 고개를 돌린 아이들도 하나둘 선을 넘어가며 나를 숨 막히게 했다. 연필 선 같던 그 선을 처음에는 쭈그려 앉아 지우개로 지워 보기도 했다. 지울 수 있다고 생각했다. 하지만 지나가던 아이들이 한 번씩 덧그을 때마다 그 선은 내가 따라잡을 수 없는 속도로 굵고 진하고 선명해졌다.

그때의 나에게도 무기가 있었을까? 선 너머의 아이들에게 휘두를 무기는 아니지만 적어도 내 앞에 수없이 덧그어진 견고한 선을 끊어 낼 무기가? 자신이 쥐고 있는 패가 무엇인지도 모르는 옆집 할머니처럼 내가 쥐고도 몰랐던 무엇이 있었을까? 아주 작은 것이라도? 어쩌면 어떤 이유로 내 쪽으로 넘어오지는 못해도 선 너머에서 나를 조금이라도 안타까운 눈으로 바라보는 아이가, 한 명쯤은 있었을까?

엄마의 시궁창을 다 알지는 못해도 차마 나의 시궁창까지 드러낼 수 없어서 이를 악물고 버티던 내게 할머니와 같이 살면 어떻겠냐고 엄마가 조심스레 묻던 순간이 떠올랐다. 도저히 지울 수도 끊을 수도 없는 선 대신에 팔목을 그어 버릴까 하는 생각을 처음 한 날이었다. 아이들이 덧그어서 굵어진 선처럼 처음 떠올린 그 생각이 그날부터 켜켜이 덧쌓였다면 언젠가는 정말로 칼을 움켜쥐었을지도 모른다. 그렇게 되기 전에 그 생각의 싹을 자른 것이 엄마였다. 그래 놓고도 내 전학을 두고두고 미안해하는 엄마에게 이 전학이 고맙다고 차마 말할 수 없었다. 앞으로도 말하지 않을 것이다. 그때의 엄마는 깃털 하나만큼의 무게조차 더는 감당할 여력이 없는 사람이었다.

나도 엄마도 온전히 스스로 문제를 해결한 건 아니지만 이사와 전학은 결코 얻어걸린 행운이 아니었다. 스스로 선택한 삶이라는 이유로 질질 끌려다니던 엄마가 마침내 다시 없을 어려운 결단을 내린 것이었다. 그 결정을 내리기까지 나를 최우선에 두었으리라는 것은 묻지 않아도 알 수 있었다. 엄마와 나는 최선을 다했다. 최선을 다해 그 집에서, 그 학교에서, 그 삶에서 도망쳐 나왔다.

"나 없는 데서 그 집 식구끼리 작당하고 해치울 생각 말어!"

서류 뭉치를 잔뜩 든 옆집 할머니가 무너진 담장을 향해 급히 걸어오며 말했다. 그 순간, 냉정을 유지하던 할머니가 눈을 부라리며 소리를 질렀다.

"듣자 듣자 하니까, 말 다 했어? 작당이라니? 해치우긴 뭘 해치워?"

할머니가 그렇게 화내는 모습은 처음이었다. 엄마와 이모, 아저씨는 물론이고 다가오던 옆집 할머니까지 놀란 눈으로 우뚝 멈춰 섰다.

"집에 들어가 있어."

엄마가 내 등을 살짝 떠밀며 속삭였다. 더는 들을 일이 없을 줄 알았던 말을 이 집에서 또다시 듣게 될 줄은 몰랐다.

"제니는 방에 가 있어."

그 말을 처음 들은 게 몇 살 때였더라. 처음엔 이유도 모른 채 방에 들어갔고, 언제부터인가 그러고 나면 반드시 밖에서 거친 말과 함께 거친 일이 벌어진다는 것을 알게 되었다. 귀를 틀어막는다고 달라지지 않았다. 안방이나 거실에서 일어나는 일은 단지 고성과 흐느낌 사이에서 이따금 뭐가 부서지는 것만이 아니었다. 소리만 듣고도 가슴이 죄도록 무서워서 무슨 이야기가 오가는지는 알아듣지 못했던 나는 어느덧 소리만 듣고도 두 사람 사이의 일은 물론이고 집 밖의 일까지 알았다. 서울 할머니가 엄마를 향해 퍼부은 악담이 아빠의 입을 통해 쏟아져 나왔다.

집에 들어간다고 해서 마당에서 무슨 일이 벌어지는지 모를 리 없었다. 모른 체하라는 뜻이었다. 그때도 그랬다. 이튿날이면 나는 간밤에 아무 일도 없었던 것처럼 모르는 체했고, 두 사람은 내가 알면서도 모르는 체한다는 걸 알면서도 모르는 체했다. 이따금 엄마의 터진 입술을 모르는 체하느라 내 입술을 깨물었다. 밥에서 피 맛이 났다.

가슴이 답답하고 속이 울렁거렸다. 이제부터 오갈 것은 시비를 가리는 고성이 아니라 서로의 마음을 할퀴어 댈 날 선 말일 터였다. 모르는 체하는 게 아니라 제대로 모르고 싶었다. 백팩을 멘 채 그대로 대문을 향했다. 어수선한 가운데 어른들이 나를 힐끔 돌아보는 것을 느꼈지만 멈추지 않았다.

대문을 나선 뒤 무작정 걸었다. 아무 골목이나 걷고 아무 모퉁이나 돌았다. 비슷한 시기에 지은 듯 비슷하게 생긴 집들이 늘어선 골목도 걸었고, 제법 긴 시차를 두고 지은 듯 이질적이다 못해 위화감마저 주는 집들이 늘어서거나 마주 선 골목도 걸었다. 그렇게 한참을 걷다가 너무 멀리 와 버렸다는 생각이 드는 순간,

더는 한 발짝도 걸을 수 없을 것처럼 두 다리에서 힘이 쭉 빠졌다. 바닥에 뭘 깔 생각도 못한 채로 그늘 아래에 털썩 주저앉았다. 메고 있는 게 백팩이 아니라 찜질팩인 듯 등짝이 화끈화끈했다.

백팩을 벗어 내려놓고는 골목 맞은편 집을 바라보았다. 낡은 대문 한쪽이 떨어져 나간 걸 보니 빈집 같았다. 담장 너머로 시커멓고 높다란 나무가 서 있었다. 죽은 나무인가 했는데 가지 하나가 그 끝에 이파리 몇 개와 초록색 열매 서너 개를 매달고 있었다. 풋감 같았다. 주인이 떠난 집에 홀로 남은 저 나무는 죽어 가는 중일까, 살아나는 중일까. 그 나무 뒤로 구름이 천천히 흘러갔다. 가끔씩 더운 바람이 훅 지나가기도 했다.

— 3라운드 종료. 와라.

시계를 보려고 주머니에서 폰을 꺼내자 언제 왔는지도 모르는 이모의 문자 메시지가 떠 있었다. 어떻게 끝났을까. 어떻게 왔는지도 모르는 길을 되돌아갈 생각을 하자 또다시 기운이 빠졌다. 올 때는 닥치는 대로 골목을 걷고 모퉁이를 돌았지만 돌아갈 때는 그럴 수 없었다. 지도 앱을 켜고 집까지 가는 경로를 확인하니 꽤나 멀리 와 있었다.

지도 앱이 보여 주는 길을 따라 집으로 향했다. 최단 경로일 테니 왔던 거리보다는 짧을 텐데도 힘에 부쳤다. 몰려오는 허기를 느끼며 마지막 모퉁이를 도는 순간 내 눈에 들어온 것은, 그 아이였다. 대문 앞을 서성이는 모습을 본 뒤로 족히 두 시간은 됐을 텐데 여태 이 동네에서 얼쩡대고 있는 것이었다. 완전히 방심한 채로 모퉁이를 돈 탓에 이번엔 정확히 눈까지 마주치고 말았다. 이제 와서 모퉁이 뒤로 몸을 숨길 수도 없거니와 내가 내 집 앞을 피하는 건 어처구니없는 일 같았다. 심장이 제멋대로 뛰고 머릿속은 복잡했지만 도리가 없었다. 죽이 되든 밥이 되든 맞닥뜨려야 했다. 둘 사이에 무슨 일이 벌어지든 학교보다는 집 앞이 나을 터였다.

천천히 발걸음을 옮기던 나는 나에 관해 무슨 이야기를 들었고 나에 대해 무슨 생각을 하는지, 또는 어떤 이유로 나를 염탐하는지 묻고야 말겠다는 생각에, 만만하게 보이지 않겠다는 생각에 발걸음이 점점 빨라졌다. 그런데 가까워지는 그 아이의 몸짓이 어쩐지 어색해 보였다. 마치 방금 전의 나처럼, 방심하고 있다가 나와 눈이 마주친 것처럼 숨지도 어쩌지도 못하는 모습이었다. 내가 생각하는 이유 중 하나로 여기에 와 있는 아이치고는 당황한 정도가 지나쳐 보였다. 그 아이의 서성이는 발소리가 들릴 만큼 가까이 다가간 순간, 그 아이가 모든 걸 포기한 듯 고개를 푹 숙였다. 그리고 들릴 듯 말 듯한 목소리로 말했다.

"미안해……."

그 아이가 버스 정류장까지 따라왔을 때와는 비교도 할 수 없을 만큼 당혹스러웠다. 무섭기까지 했다. 동네와 집까지 정확히 아는 걸로도 모자라 내게 미안하다니, 대체 나도 모르는 무슨 일이 있었던 걸까.

"어, 네가 여기 어쩐 일이야?"

마침 앞집 대문을 열고 나오던 아저씨가 알은체하자 그 아이가 아저씨에게 꾸벅 인사했다.

"둘이 친구 됐냐? 하긴 그것도 인연이네, 인연."

아저씨가 대문 앞에 쓰레기봉투를 내려놓으며 말했다. 도통 무슨 뜻인지 알 수 없었다.

"어, 너가 이름이······."

아저씨가 고개를 갸웃하며 기억을 더듬는 얼굴로 말했다.

"지오요."

"아, 그래. 지오. 어른들은 잘 계시지?"

그러고 아저씨는 대문 안으로 사라졌다. 이 모든 상황을 설명해 줄 사람이 필요했다.

"얘기 잠깐 할 수 있어······?"

그 아이가 나와 겨우 눈을 마주치며 작은 소리로 물었다. 일단은 그 아이에게 뭐라도 듣는 수밖에 없었다. 근처 편의점을 향해 내가 앞장섰다. 문을 열고 들어서자, 에어컨 가동 허용 시

간은 지나 있었지만 남아 있는 미미한 냉기만으로도 살 것 같았
다. 나도 모르게 그 서늘한 공기를 한껏 들이마셨다.

"오랜만이네."

이번에는 주인아저씨가 그 아이를 알은체했다. 내가 먼저
들어섰는데도 그 아이가 나를 데리고 온 모양새가 되었고, 음료
수 값도 자연스레 그 아이가 계산했다. 뒤에서 어색하게 기다리
는 동안 퍼뜩 떠오른 생각이 있었지만 이내 접었다. 지오라는 아
이가 이 동네에 산다면 어제 나와 같은 버스를 탔어야 했다. 빙
돌아가느니 어쩌느니 했으니 고개를 푹 숙이고 발길을 돌리는
대신에 적어도 다른 버스라도 말이다. 무엇보다 지금처럼 두 시
간이 넘도록 이 동네를 기웃거리지도 않아야 했고. 그렇다면 내
가 생각해 낼 수 있는 것은 하나였다.

"너 혹시, 이 동네 살았어?"

그 아이와 어색하게 마주 앉자마자 물었다. 이 질문 말고는
앞집 아저씨와 편의점 주인이 그 아이를 알은체한 까닭을 확인
할 길이 없었다.

"어, 맞아. 너네 집에……."

더 들을 이야기가 있겠지만 이틀 동안 쌓인 의혹의 대부분
이 단번에 해소되는 순간이었다. 벌컥벌컥 콜라를 들이켜자 그
안에 녹아 있던 탄산이 내 안의 더운 체온에 부글부글 끓어오르

며 입 안을 가득 채웠다. 허기도 더위도 커다란 궁금증도 삼켜 버리듯 쉬지 않고 콜라를 들이켜는 나를 지오가 조금 놀란 눈으로 바라보았다.

우리는 아주 천천히, 많은 이야기를 나누었다. 할머니가 캐나다 외삼촌네로 떠나면서 세놓은 그 집에 지오네가 들어와 산 것이었다.

"담장에 덩굴장미가 엄청 무성했는데, 진짜 예뻤어. 그 앞에서 사진도 많이 찍었는데."

그 집 이야기의 시작이 덩굴장미라는 사실 하나만으로 남아 있던 일말의 의혹마저 씻겨 나가는 것 같았다. 늦봄이면 덩굴장미 앞에서 사진을 찍고, 여름이면 모깃불을 피워 놓고 고기며 이것저것 구워 먹고, 긴 호스로 화초에 물을 주고, 그러다가 호스 끝을 눌러 쥐고 물장난을 하고, 낙엽이 지면 마당을 쓸고, 겨울이면 눈을 치우고 눈사람도 만들었다는 이야기를 듣는 동안 내 머릿속에서는 다 죽고 밑동만 남은 덩굴장미가 줄기와 가지를 뻗어 올리며 되살아났다. 그렇게 가지를 따라 하나둘 돋던 잎이 담장을 가득 채우자 빨간 꽃 한 송이가 조명처럼 탁, 피어났다.

지오는 엄마와 내가 멀리 돌아 이곳에 도착하기까지의 7년이라는 시간이 그저 뭉텅 잘려 나간 게 아니라고 증언하고 있었다. 할머니가 이 집을 세놓고 떠나 있는 7년 동안 누군가의 시간이 이곳에 차곡차곡 쌓이고 있었다. 내가 이곳에서 보내지 못한 열 살부터 열일곱 살까지의 시간을 지오가 이곳에서 하루하루 살아 낸 것이었다.

화초가 무성하던 마당이 갑자기 망가진 이유는 지오도 알 수 없다고 했다. 이사 온 지 1년쯤 됐을 때였는데, 건강하던 가족이 돌아가며 병치레를 시작한 것도 그 무렵이었다고 했다.

"할아버지랑 엄마가 나무 죽이면 안 된다고 얼마나 동동거렸는지 몰라. 비료도 사다 뿌리고 영양제도 주고 그랬는데."

한 가지 짚이는 게 있다면 이따금 마당에서 나는 악취였다는 대목에서는 어쩐지 등골이 오싹했다. 이상하게도 그 냄새를 지오와 동생만 느낀 데다 언제부터인지 사라진 것 같아서 그나마 찾은 줄 알았던 일말의 실마리마저 놓치고 말았다며 지오가 미안해했다.

"그래서, 그거 사과하러 온 거야? 나무 죽은 거?"

할머니가 많이 속상해하고 세입자를 욕하기도 했지만 아무리 생각해도 지오가 사과할 일은 아니었다.

"그게 아니라…… 내가 지하실에 뭘 놓고 온 거 같아서."

지오는 무슨 스피커인가를 이삿짐에서 빠트린 것 같다고 했다. 자기 짐을 샅샅이 찾아봤지만 나오지 않아서 혹시 지하실에 두고 온 건 아닐까 한다면서.

"진작 말하지. 어제는 뒤에서 갑자기 이사가 어쩌고 동네가 어쩌고 해서, 솔직히 좀 당황했어. 그래서 못 들은 척했고. 근데 그 말 하려고 따라와 놓고 왜 말 못했어. 앞집 아저씨나 편의점 아저씨 보니까 너 여기 산 거 확실한데."

말은 그렇게 하면서도 뒤에서 따라오던 낯선 아이가 갑자기 나를 붙들고 자기가 우리 집에 살았었다고, 이사 나오면서 두고 온 게 있는 것 같으니 우리 집에 와서 확인하게 해 달라고 했다면 내가 그 말을 순순히 믿었을지는 의문이었다. 따라오는 시선을 느낀 순간부터 별의별 생각으로 온몸의 신경을 곤두세운 채 발걸음을 재촉한 나였다.

입 안으로 입술을 말아 넣고 한참 망설이던 지오가 마침내 입을 열었다.

"그게 아니라, 우리가 이사 들어갔을 땐 지하실이…… 잠겨 있었거든."

지오가 나를 힐끗 보고는 다시 시선을 떨구며 말했다.

"미안해. 내가…… 열쇠 하는 사람 불러다 문을 땄어."

머리를 세게 얻어맞은 듯 잠시 아찔했다. 상상도 못한 이야기였다. 그러니까, 할머니가 잠가 두고 떠난 공간에 지오가 무단 침입을 했다는 것이었다. 여기부터는 나 혼자 들을 이야기가 아니라는 생각이 들었다.

"열쇠 돌려주고 사과하고 싶었는데, 어제는 도저히 입이 안 떨어지고 이상한 말만 나왔어. 근데 나 진짜 아무것도 안 건드렸어. 내 말은, 살짝 만져 보고 구경한 건 있지만 망가뜨리거나 가져간 건 절대 없다는 뜻이야. 절대로."

지오가 이제야 제대로 나를 보며 말했다. 울 것 같은 얼굴이었다.

"어른들한테 잘못했다고 비는 게 맞지만, 정말 용기가 안 났어. 그래서, 비겁한 줄 알면서도 너한테라도 털어놓고 사과하고 싶었어. 미안해. 정말 미안해."

사과를 받아야 할 사람은 내가 아니지만 이유는 물어야 했다. 자기 입으로 실토했어도 이해할 수 없는 행동이었다. 역시 그러는 게 아니었다. 덩굴장미 이야기에 쉽게 경계를 푸는 게 아니었다.

"왜…… 그랬어? 엄연히 남의 집인데, 그러면 안 되는 거 아니야? 왜 사람을 불러서까지 거길 들어갔어? 일부러 잠가 놓은 데를?"

그러자 고개를 푹 숙인 채 아무 말도 없던 지오가 조용히 입을 열었다.

"울려고."

특별히 무슨 생각에 골몰하는 것도 아닌 채로 나도 한참을 말없이 앉아 있었다. 편의점 안에 남아 있던 냉기가 모두 고갈되었는지 슬슬 더위가 느껴졌다.

"열쇠 돌려줄게."

침묵을 깬 지오가 주머니에서 열쇠를 꺼내 탁자 위에 가만히 놓았다. 고리에 조그만 인형이 달려 있었다. 오래 가지고 있었는지 보풀이 잔뜩 일고 색이 바랜 봉제 인형이었다.

"내 열쇠도 아닌데 나한테 돌려준다는 말은 좀 이상한 거 같아."

"내 말은, 부모님한테 돌려드리라고. 근데 내가 사람 불러다 만든 거니까 돌려드린다는 말도 이상하고……. 아무튼, 너무 미안하고 염치없지만, 잘 말씀드려 줄 수 있어……?"

내가 열쇠를 받아도 되나 생각하느라 말이 없는 걸 지오는 거절의 뜻으로 받아들인 모양이었다. 급히 말을 이었다.

"아니면, 지금 바로 가서 사과드릴까? 근데, 같이 가 줄 수 있어……?"

쩔쩔매던 지오가 진땀까지 흘렸다. 열쇠를 내려다보던 나는 문득 그게 열쇠가 아니라 칼 같다는 생각이 들었다. 자루가 내 쪽으로 향한 조그만 칼. 내가 이 자리에서 내리는 결정에 따라 지오의 희비를 엇갈리게 할 수도 있는 칼이라고 생각하자 더

력 겁이 났다.

편의점을 드나드는 사람들이 우리 둘을 힐끔거리곤 했다. 고개를 푹 숙인 지오가 큰 잘못이라도 한 것처럼 보였을지 모르겠다. 누구와도 엮이지 않겠다고 다짐한 나였지만 대화는 어떻게든 끝내야 했다. 혼자 입 다물면 될 일을 이렇게까지 들고 온 아이를 바라보던 나는 앞으로의 관계야 어찌 되든 열쇠 문제만큼은 내 선에서 해결해도 될 것 같다는 결론을 내렸다. 지오가 자기 입으로도 건드린 게 없다고 했고, 할머니에게서도 지하실에 둔 물건이 없어졌다는 소리는 듣지 못했다. 용서한다는 건 주제넘을 테니 모르는 척하는 정도가 적당할 것 같았다. 그건 내가 칼자루를 가만히 내려놓는 방법이기도 했다. 어느 누구도 다치지 않게.

— 어디야. 문자에 답도 없고. 옆집에서 저녁 먹기로 했는데.

이모의 문자 메시지였다. 집을 나설 때만 해도 일촉즉발이던 상황이 어떻게 이런 대반전을 맞았는지 모를 노릇이었다. 하지만 그런 일에 신경 쓸 때가 아니었다. 서둘러 답장을 보냈다.

— 나도 저녁 초대받았어. 친구 집 가는 중.

— 오, 전학하자마자. 이런 건 또 이모 닮아 가지고.

이모는 나를 끔찍이 아끼면서도 나를 참 모른다고 생각하니 쓴웃음이 나왔다. 자리에서 일어나 백팩을 둘러메며 말했다.

"가자. 지하실에 두고 간 게 뭐라고?"

지오가 고개를 들고 나를 멀뚱멀뚱 쳐다봤다.

나와 지오는 옆집 대문간으로 들어선 할머니, 엄마, 이모가 우르르 집으로 들어가는 소리까지 확인하고서야 모퉁이 뒤에서 나왔다. 집으로 들어가기 전에 마지막으로 확인할 게 있었다.

— 맛있는 거 많아?

이모에게 메시지를 보냈다.

— 응, 피자도 있고 떡볶이도 있고. 좀 싸 갈까?

— 아니.

다행이었다. 정신없는 이모가 폰을 두고 갔다고 집으로 돌아올 일은 없었다.

어릴 때도 이 집에 지하실이 있는 줄은 몰랐던 것 같다. 가 본 기억이 없었다. 이사를 오고서야 할머니가 지하실에 뭘 가져 다 놓았다던가 환기를 했다던가 하는 소리를 얼핏 들은 것 같았 다. 지오와 함께 아직은 그리 어둡지 않은 마당을 지나 뒷마당 으로 돌아가니 역시 해가 들지 않는 곳답게 어둑어둑했다. 거기 부터는 자연스럽게 지오가 앞장섰다. 걸음을 옮길 때마다 바싹 말라 죽은 잡초 더미가 발에 챘다.

담장을 타고 옆집에서 희미하게 웃음소리가 들려왔다. 어른의 싸움은 저렇게 끝나는 걸까. 하지만 그 소리가 네 사람 모두의 웃음소리인지는 알 수 없었다. 그 소리에 옆집 할머니의 웃음소리가 섞여 있었대도 그 싸움이 어떻게 끝났는지는 모를 일이었다. 엄마 생각대로 원만한 해결에 이르렀을 수도 있지만 두고 보겠다는 할머니의 의지로 마무리되었다면 그 웃음의 의미는 다를 터였다.

계단 앞에 다다른 우리는 각자 폰의 조명을 켜고 조심조심 발을 내디뎠다. 마지막 계단을 내려선 뒤 주머니에서 열쇠를 꺼냈다. 지오가 폰 조명으로 열쇠 구멍을 비추는데도 어째서인지 열쇠가 한 번에 들어가지 않았다. 열쇠를 몇 번이나 뒤집어 봐도 마찬가지였다.

"내가 할까?"

열쇠를 받아 든 지오가 동그란 문손잡이를 살짝 들어 올리면서 한 번에 능숙하게 열쇠를 꽂고는 돌렸다.

찰칵.

이어서 지오가 손잡이를 돌리며 밀자 낡고 녹슨 철문이 끼익 소리를 냈다. 그 소리가 혹시라도 옆집으로 넘어갈까 봐 문을 닫을 때는 내가 손잡이를 잡고 문을 들어 올리듯 힘을 주면서 천천히 밀었다.

탁.

벽을 두어 번 더듬던 지오가 스위치를 눌러 전등을 켰다. 불빛 아래로 크고 작은 짐과 크고 작은 그림자가 들어찬 지하실 공간이 드러났다. 특별히 놀랍게 생긴 공간도 아니고 특별히 놀라운 물건이 쌓인 것도 아니었지만, 놀라웠다. 이 집에 이런 공간이 있다는 사실이. 한 번도 와 볼 생각을 하지 않았던 내가.

입구에 서 있던 지오가 또 다른 스위치를 딸깍 누르자 한쪽 벽 꼭대기에 달린 환풍기가 돌아가기 시작했다. 환풍기 옆으로 조그만 창 두 개가 열려 있었다. 지오에게 지하실 이야기를 듣는 순간 혹시 지하실이 그 불확실한 악취의 출처는 아닐까 하는 생각을 잠깐 했던 터라 문을 여는 순간에는 나도 모르게 숨을 멈췄었다. 하지만 염려와 달리 그렇게 눅눅하거나 퀴퀴하진 않았다. 그리고 무엇보다 서늘했다. 밖에서 종일 흘린 땀이 쏙 들어갔다.

지오가 자기 물건을 찾는 동안 나는 지하실에 있는 물건들을 둘러보았다. 낡은 서랍장을 비롯해 몇 가지 소가구, 비닐에 싸인 전기난로 따위 그리고 안에 뭐가 들었는지 알 수 없는 커다란 종이 상자들이 가로로 늘어서고 세로로 쌓여 있었다. 지오가 이런 곳 어디에서 울곤 했을까.

원을 그리듯 지하실을 한 바퀴 돌아보던 나는 구석에 놓인 낡은 의자를 발견했다. 원래 할머니가 갖고 있던 의자인지, 지오가 가져다 놓은 의자인지는 알 수 없었다. 지오가 그 의자에 앉아 울지 않았을지도 몰랐다. 그런데도 덩그런 그 의자가 어쩐지 눈물을 연상시켰다. 누군가의 울음이, 누군가의 눈물이 고여 있는 것만 같았다.

"찾았다."

지오가 서랍장에서 조그맣고 하얀 육면체를 꺼내 보이며 말했다.

"엄마가 학교 다닐 때 쓰던 블루투스 스피커야."

지오는 예전엔 폰에 내장된 스피커의 음량과 음질이 떨어져서 이런 걸 썼다면서, 지금은 폰과 연결하면 오히려 음질이 떨어져서 레트로 감성을 느낄 수 있다고 했다.

"어른들 오시기 전에 얼른 나가자."

지오가 재촉했다. 서둘러 전등과 환풍기를 끄고 지하실을 나선 다음 이번에는 내가 지오처럼 문손잡이를 살짝 들어 올리면서 열쇠 구멍에 열쇠를 꽂고 돌렸다.

찰칵.

"이 집에 사는 동안…… 여기가 제일 좋았어."

계단 끝에 올라선 지오가 말했다. 해가 완전히 진 뒤라 이제는 그저 시커멓고 우묵하기만 한 공간을 물끄러미 내려다보면서. 나도 지오처럼 그 검고 우묵한 공간을 잠시 내려다보았다.

내게는 오늘 처음 그 존재를 드러낸 공간이지만 지오에게는 다를 것이었다.

이 집에서 가장 낮고 어둡고 깊숙한 공간이 제일 좋았다던 지오가 다시 발걸음을 옮겼다. 이곳에서의 마지막 발걸음이었다. 마른 잡초 더미가 발에 밟히고 채는 소리에 옆집에서 흘러나오는 나직한 노랫소리가 섞여 들었다. 할머니 목소리 같았다.

이른 아침부터 덜덜거리는 차 소리와 요란스레 대문이 열리는 소리에 잠을 깼다. 어이, 어이 하는 아저씨들의 목소리도 들렸다. 이불을 푹 뒤집어썼다. 토요일 아침부터 대체 누구냐며 짜증을 낼 때가 지났는데도 어쩐 일로 이모가 조용하다 싶을 때였다. 마당에서 이모의 쩌렁쩌렁한 목소리가 들려왔다.

"어, 이거 우리가 주문한 벽돌 맞아요? 매장에서 본 거랑 색이 달라 보이는데?"

얼른 일어나 창밖을 내다보니 이모가 벽돌을 들여놓는 아저씨 둘을 따라다니며 부산을 떨고 있었다. 이 시각에 깨어 있는 이모를 보는 건 처음이었다.

"엄마, 엄마!"

호들갑스러운 이모의 목소리에 이어 현관이 벌컥 열리고 이모의 머리가 쑥 들어왔다.

"화초랑 나무들, 왜 다 죽었는지 알았어!"

아저씨들에게 들었다면서 이모가 전한 말에 따르면 옆집을 비롯해 우리 집과 몇몇 집들의 마당 아래에 묻힌 하수관이 문제였다. 수십 년 전, 이 동네에 맨 처음으로 현대식 주택을 지을 때 매립한 토관에서 몇 년 전부터 오수가 새어 나와 집 안이나 마당에 스며들었다는 것이다. 뒤늦게 상황을 파악한 집들이 배수관을 교체하는 등 조치하는 가운데 옆집처럼 죽은 정원수를 모두 제거하고 아예 마당을 시멘트로 발라 버린 집도 있었다면서 이모는 이참에 우리 집도 그렇게 하는 게 어떻겠냐고 물었다.

할머니는 이미 들은 이야기라면서 하수관은 곧 교체할 계획이지만 마당에 시멘트를 바르는 건 말도 안 된다고 펄쩍 뛰었다. 마당은 어떻게든 살려 낼 테니 두고 보라면서.

"시멘트를 발라? 허구한 날 너 무르팍 깨지는 꼴 보라고?"

할머니의 핀잔에 찍소리 없이 물러났던 이모의 목소리가 또다시 슬슬 높아지고 있었다.

"아니, 아니. 이 색으로 절반 먼저 쌓은 다음에 나머지를 이 색으로 올리시라고요. 반대로 하시면 안 돼요."

그 뒤로도 아침밥도 마다하고 마당에서 내내 목청을 높이던 이모가 갑자기 잠잠해졌다. 그제야 느긋한 주말 아침 식사가 제대로 시작되려는 참이었다.

"아악!"

난데없는 이모의 비명에 할머니와 엄마와 내가 동시에 밥 숟가락을 놓고 마당으로 달려 나갔다. 이모가 무너진 담장 건너편에 주저앉아 꺽꺽거리며 울음을 삼키고 있었다. 한쪽 무릎과 다리에서 피를 줄줄 흘리는 채로. 아기를 업은 옆집 할머니도 허겁지겁 달려 나왔다. 엄마의 부축을 받고 일어서던 이모가 다리를 부들부들 떨다가 도로 주저앉았다.

"일한다는 애가 반바지에 슬리퍼에, 잘한다!"

할머니가 이모에게 버럭 소리를 질렀다. 이모가 슬리퍼를 신은 채로 무너진 담장을 타 넘다가 옆집 마당으로 엎어진 모양이었다. 벗겨진 슬리퍼가 무너진 담장을 사이에 두고 이쪽저쪽에 한 짝씩 나뒹굴고 있었다.

엄마와 함께 이모를 부축해 들어온 나는 무릎 소독을 비롯해 온갖 수발을 도맡아야 했다. 허리까지 삐끗했다며 옆에서 징징대는데 나 몰라라 할 도리가 없었다.

"으아, 살살 해!"

"제니야, 이모 물 좀."

"커피 한 잔 부탁해. 믹스 두 개 넣고 아이스로."

국어 지문 하나를 끝까지 못 읽게 하는 이모에게 슬슬 짜증이 났다. 주방에 가서 찬장 여기저기를 열며 커피 믹스를 찾는데

설거지하던 엄마가 나를 돌아보며 말했다.

"엄마가 할 테니까 넌 어디 독서실을 가든가 해. 저게 어디서 상전 노릇을 하고 있어."

엄마에게 한 소리 들은 이모가 찍소리 없이 커피를 마시고는 금세 곯아떨어졌다. 해가 중천에 떠야 겨우 일어나는 사람이 아침 댓바람부터 수선을 떨다가 부상까지 입었으니 그럴 만도 했다. 이제야 좀 집중해 보려는 순간, 한밤중처럼 심한 코골이가 시작되었다. 이모는 잠이 들어서도 훼방을 멈추지 않을 모양이었다. 거기에 담장 공사 소음까지 가세하자 무슨 대단한 공부를 하려던 게 아닌데도 견디기가 힘들었다.

마당에 나와 보니 아저씨 둘이 담장이 있던 자리에 이제 막 벽돌로 첫 줄을 쌓고 있었다. 그 너머로 옆집이 훤히 보였다. 마당을 가로지르는 빨랫줄에 아기 옷이 조르르 걸려 있었다. 사람 옷이 저렇게 작을 수 있다니.

그러고 보니 담장이 무너진 날 얼핏 넘어다봤을 때는 나무한 그루 없이 시멘트를 발라 놓은 마당 때문에 두 집이 쌍둥이처럼 똑같다는 걸 알아차리지 못했다. 정확히는 두 집이 담장을 중심으로 접었다 편 데칼코마니처럼 완벽한 대칭을 이루고 있었다. 맨 처음에 이 두 집을 지은 사람들은 가까운 사이였을까. 그래서 머리를 맞대고 어떤 집을 지을지 함께 궁리했을까. 그래서 토지 경계 따위는 대충 무시하고 지금 위치에 담장을 쌓은 걸까. 대칭축이 되도록. 쌍둥이처럼 꼭 닮은 두 집이 어깨를 나란히 하도록.

담장을 새로 올리는 것으로 두 할머니의 갈등이 완전히 해소됐는지는 모르겠다. 두 사람이 언제고 또다시 언성을 높일지 모를 일이다. 그래도 왠지 어른의 싸움은 가벼워 보였다. 소리만 컸지, 상처는 깊지 않을 것 같았다. 나도 어른이 되면 덜 힘든 싸움을 하게 될까. 고성을 주고받고도 돌아서면 훌훌 털어 버릴 수 있는 싸움이라면 두렵지도 괴롭지도 않을 것 같았다. 하지만 그 생각이 얼마나 짧았는지를 이내 깨달았다. 엄마 아빠의 싸움은 어른의 싸움이었지만 무섭고 끔찍해서 곁에 있는 사람의 숨통마저 조였다.

대문을 나서던 발걸음이 우뚝 멈췄다. 푹푹 찌는 날씨를 뚫고 독서실까지 가지 않아도 제법 조용하고 시원하게 시간을 보낼 수 있는 곳이 마침 집 안에 있다는 걸 깨달은 것이다. 방에서 열쇠를 가지고 나와 살금살금 뒷마당으로 향했다.

찰칵.

한 번에 문을 열고 지하실에 들어선 다음 전등과 환풍기를 차례로 켰다. 벽면 꼭대기의 작은 창으로 들어오는 빛 덕분에 밤에 왔을 때보다는 훨씬 밝았다. 그래도 종이책을 읽기에는 어두운 것 같아서 스탠드를 하나 가져다 놓아야겠다고 생각했다. 그런 생각을 하다 보니 가져다 놓으면 좋을 물건이 하나둘 늘어났다. 과자나 팩 음료 같은 간식거리도 가져다 놓고, 의자에 올릴 방석도 가져다 놓으면 좋을 것 같았다. 독방을 빼앗긴 대신에 이곳을 나만의 공간으로 쓸 수 있다는 생각에 조금 설렜다. 그러자 울기 위해 이곳에 왔다는 지오가 생각났다. 정말로 지오는 울고 싶은 날에만 이곳에 왔을까. 와서 울기만 했을까. 여기가 있어서 좋았다고 할 만큼 울 일이 많았던 걸까.

마침 가방에 물티슈가 있기에 그걸로 의자를 닦았다. 닦고 난 물티슈가 의외로 깨끗한 걸 보니 지오가 정말로 이 의자를 닦아 가며 자주 앉았겠다는 생각이 들었다. 그만큼 울 일이 많았을지 모른다는 생각도. 작은 서랍장에 쌓인 새카만 먼지를 한참 닦아 낸 뒤 의자 앞에 끌어다 놓았더니 그럭저럭 태블릿을 놓고 문제를 풀 정도는 되었다.

그러나 몇 문제를 풀지도 않았는데 구부정한 자세 탓인지 이내 등허리가 뻐근해 왔다. 일어서서 기지개를 켜던 나는 일어선 김에 낮은 서랍장을 대신해 태블릿을 올려 둘 만한 게 있나 하고 여기저기 둘러보았다. 하지만 마땅한 것을 찾기는 쉽지 않았다. 의자에 편하게 기대앉아 책이나 읽기로 했다. 태블릿에 내려받아 놓은 책도 많았지만 왠지 이곳에서는 종이책이 좋을 것 같았다.

지난번에 봐 둔 종이 상자를 열어 읽을 만한 책이 있나 살펴봤다. 한눈에 봐도 할머니 할아버지가 읽었을 법한 책들은 곧바로 패스했다. 또 다른 상자에 가득한 문학 잡지는 발행 연도를 보니 엄마와 이모가 읽던 것 같았다. 아니, 아무래도 이모는 아닐 거다. 마침 그다음으로 연 상자에 이모가 읽던 게 틀림없을 미술 관련 책과 만화책이 가득했다. 이런 장소에서는 만화책이 딱 좋을 것 같아 몇 권 꺼내 봤지만 죄다 좀비나 괴수가 득실대는 장르였다. 이모다운 취향이었다.

드디어 내가 원하던 소설 상자를 찾았다. 한 권씩 꺼내 제목과 표지를 보고 뒤표지의 간단한 설명을 훑어보다가 마음에 드는 한 권을 골랐다. 깨끗한 바탕에 빨간 토마토 두 개가 그려진 산뜻한 표지였다. 책을 들고 의자에 앉아 서랍장 위로 발을 뻗었다. 다음에는 등에 댈 쿠션도 가져와야겠다고 생각하면서.

『그래서 우리는 사랑을 하지』

다른 책들에 견주어 표지도 매끈하고 펼쳐 본 흔적도 없는 걸 보니 사 놓고 아무도 읽지 않은 책 같았다. 첫 단편과 두 번째 단편을 읽고 세 번째 단편을 읽을 때였다. 페이지를 넘길 때마다 책 중간쯤이 살짝살짝 들렸다. 책갈피 같은 것이 낀 모양이었다. 그 페이지를 펼치자 반으로 접힌 종이가 끼어 있었다. 누가 엄마에게 쓴 편지였다. 그렇다면 이 책은 그 누군가가 편지와 함께 엄마에게 선물한 책인가 보았다.

소진에게.

나도 문자로 답할까 하다가 이렇게 편지를 써. 내가 천천히 쓰는 만큼 너도 천천히 읽어 줬으면 해서. 이야기가 길어질지도 모르겠네.

사람의 마음은 얼마든지 엇갈릴 수 있고, 그래서 너를 좋아하는 내 마음이 네게 가닿지 않을 수 있다는 건 알아. 하지만 거절만으로 끝나지 않은 네 답이 무서웠어. 그저 내가 마음에 들지 않는 게 아니라 내가 더러워서 싫다는 말에 몸서리치며 울었어. 학기 초에 재훈이가 너한테 고백했다가 거절당한 거 알아. 그때도 그랬어? 너를 좋아하는 마음이, 너를 좋아하는 재훈이가 더러워서 싫었어? 걔한테도 그렇게 말했어? 너 같은 것들은 전부 세상에서 없어져 버리면 좋겠다고 말했어?

그 뒤로도 네가 재훈이랑 친구로 잘 지내는 거 알아. 너는 누구와도 잘 지내는 아이니까. 그런데 나는 왜 안 되는 걸까. 왜 급식실에서 같은 테이블에 앉기만 해도 네가 자리를 옮겨 버리는 걸까. 나는 왜 예전처럼 너와 인사조차 나눌 수 없는 사이가 된 걸까. 누구와도 잘 지내는 네 모습이 좋아서 너를 좋아하게 됐는데, 모든 아이와 잘 지내는 네가 왜 나한테는 눈길조차 주지 않는지 모르겠어. 내가 너를 좋아한 것처럼 나를 좋아해 주기를 바라지 않아. 그렇지만 네가 이렇게까지 나를 미워하고 멀리하는 걸 견디기가 너무 힘들어. 내가 세상에서 없어지길 네가 정말로 바란다고 생각할 때마다 숨이 쉬어지지 않아. 그런 나를 이렇게라도 털어놓지 않으면 죽을 것 같아.

좋은 걸 볼 때마다 네가 제일 먼저 생각나고, 뭐든 네게 주고 싶고, 뭐든 너와 같이하고 싶고, 네 곁에 있어도 네가 보고 싶었던 내 마음을, 네 앞에서 더 좋은 사람이 되고 싶었던 내 마음을 감추지 못한 대가가 이렇게 가혹할 줄은 몰랐어. 그 마음이 더럽게 보였다는 게 고통스러워. 누구를 좋아해 봤다면, 그런 마음을 가져 봤다면, 그 마음이 이렇게까지 미움받아야 하는지 생각해 봤으면 좋겠어. 한 번만이라도.

예전처럼 널 좋아할 수 없게 되었고 네가 두렵고 원망스럽기도 해. 하지만 그게 전부야. 나는 네가 사라져 버리길 바라지 않아. 어떻게 그런 생각을 할 수 있겠어. 나 같은 것들이 사라지기를 바란다는 게 정확히 어떤 뜻인지 모르겠지만 못 들은 걸로 할게. 나는 사라지지 않아.

혜수

떨리는 편지지 위로 눈물이 후드득 떨어졌다. 엄마에게 쓴 편지가 맞는지 첫 줄을 다시 확인했다. 내가 몰랐던 엄마가 거기 있었다. 엄마가 누구를 이렇게까지 숨 막히게 할 수 있는 사람이었다는 걸 믿을 수 없었다. 엄마는 책을 펴 보지도, 편지를 읽지도 않은 게 틀림없었다. 이 편지를 보내기까지 그리고 보낸 뒤로도 달라지지 않은 엄마 때문에 괴로웠을 혜수라는 아이를 생각하자 베이고 할퀸 그 아이가 나인 것 같아 견딜 수가 없었다. 내게로 쏟아졌던 모든 말과 모든 시선이 고스란히 되살아나서 눈물을 참을 수가 없었다. 이 의자에 앉아 이렇게 울음을 토해 낼 줄은 몰랐다.

머리가 아플 정도로 울고 나자 작은 창밖으로 어둠이 내려앉고 있었다. 휴대폰 잠금 화면에 부재중 전화와 문자 메시지 알림이 잔뜩 떠 있었다. 전부 엄마에게서 온 것이었다. 소스라치듯 폰을 내려놓았다. 내 입술을 깨물며 엄마의 터진 입술을 모르는 척하던 나였지만 손에 쥔 편지와 그 안에 담긴 이야기는 도저히 모르는 척할 수 없을 것 같았다. 다정히 웃으며 나를 맞는 엄마를 마주할 자신이 없었다. 그렇다면 내가 할 수 있는 건 하나였다.

― *지하실에서 봐.*

문자 메시지를 보낸 지 1분도 안 되어 엄마가 달려왔다.

"왜 여기 있어? 응? 무슨 일 있었어?"

엄마가 놀란 얼굴로 허겁지겁 들어서며 말했다.

"울었어? 응?"

두 손을 내밀며 내 뺨을 감싸려고 다가오는 엄마가 싫었다. 내가 고개를 홱 돌리자 휘둥그레져 나를 보던 엄마의 두 눈에 눈물이 차올랐다. 툭하면 눈물부터 쏟는 엄마가 영문도 모르면서 울 작정인가 보았다. 저런 여린 마음으로 그렇게 모질 수 있었던 엄마가 무서웠다. 내 눈에도 다시 눈물이 고이기 시작했다. 어금니를 악물었다. 엄마에게 쏟아 낼 말이 많았지만 꽉 깨문 이가 떨어지지 않았다.

"혜수라는 친구 기억나?"

겨우 꺼낸 말끝이 부들부들 떨렸다.

"아니, 잘 모르겠는데, 왜……?"

혜수는 엄마를 절대 잊었을 리 없지만 엄마는 혜수를 잊은 모양이었다.

"그럼 친구 말고, 혜수라는 애는, 기억나?"

"왜 그래, 제니야……."

엄마 목소리가 떨렸다.

"이건? 이것도 생각 안 나?"

엄마 앞에 책을 내밀며 물었다. 엄마가 책을 받아 들고 앞

뒤로 살피는 모습을 보니 책도 기억하지 못하는 것 같았다. 펼쳐 보지도 않았으니 그럴 만했다. 편지가 꽂힌 페이지를 펼쳐 보이자 엄마가 의아한 눈으로 나와 편지를 번갈아 보다가 편지를 집어 들었다. 맨 위의 수신자와 맨 아래의 발신자 이름을 확인한 다음 처음으로 돌아간 엄마가 몇 줄을 읽다 말고 흡, 숨을 들이마셨다. 편지를 읽어 내려갈수록 엄마의 손이 크게 떨렸다. 아랫입술을 깨물며 읽던 엄마가 도중에 편지지를 접었다.

"왜, 못 읽겠어?"

엄마가 고개를 들고 나를 바라보았다. 눈이 빨갰다.

"이제라도 읽어야지. 끝까지. 엄마한테 온 편지잖아."

엄마가 떨리는 손으로 다시 편지지를 펼쳤다. 한 번씩 크게 숨을 들이마셨다가 내쉬며 읽던 엄마가 마침내 편지지를 든 손을 스르르 떨어뜨렸다. 엄마의 턱 끝에 맺힌 눈물이 시멘트 바닥에 툭 떨어졌다.

"왜 울어, 엄마가?"

"무슨 생각으로 여기까지 불러서 이걸 보여 줬는지는 모르겠지만…… 오래전 일이고, 그땐…… 다 그랬어."

"그땐 다 그랬어? 그땐 다 그렇게 사람을 미워했어? 다들 착하고 순진했었다며. 다 친하고 다 좋았다며!"

"그게 아니라, 그런 애는 좀…… 받아들이기가 힘들었어.

네가 몰라서 그래. 그 시절엔, 다 그랬어. 분위기가."

아니다. 중학교 때 이모에게 커밍아웃한 친구가 지금까지도 이모의 절친이었다.

"분위기 핑계 대지 마. 엄마가 미워한 거잖아. 엄마가 짓밟았잖아. 엄마가 숨도 못 쉬게 만들었잖아! 엄마가 뭔데 사람을 받아들이고 말고 해!"

나도 내 입에서 그렇게 큰 소리가 나올 줄 몰랐다. 엄마가 두 손으로 입을 가린 채 부들부들 떠는 걸 보면서도 멈출 수가 없었다. 몇 달 동안 참고 참았던 말이 내 몸을 찢고 쏟아져 나왔다.

"너희가 뭔데! 도대체 나한테 왜 그랬는데!"

그러고는 온몸에 힘을 잃고 바닥에 풀썩 주저앉았다.

엄마가 눈물로 범벅이 된 얼굴로 물었다.

"너, 학교에서 무슨 일 있었어? 왜 말 안 했어? 엄마한테 자세히 말해 봐, 응?"

말하고 싶지 않았다. 엄마 마음 아프게 하고 싶지 않아서 죽을 때까지 꺼내지 않으려고 했는데, 이제는 내 마음이 아파서 도저히 입 밖에 낼 수 없었다.

"애들이 따돌렸어? 때렸어? 돈 뺏고 그랬어? 대체 왜 말 안 했어? 말을 하지! 힘들다고 말을 하지!"

"그러게. 혜수는 엄마한테 힘들다고, 죽을 거 같다고 했는

데, 나는 바보처럼 못 그랬네? 혜수는 사라지지 않겠다고 당당
했는데, 나는 그 애들 앞에서 사라져 줘 버렸어. 그 애들이 바라
던 대로. 지금쯤 얼마나 시원할까?"

눈앞에 거울이 있었다면 내 입술을 일그러뜨리며 새어 나
오는 비웃음을 봤을 것이다. 비겁하고 못났던 나에게 참을 수
없이 화가 나서 비웃음을 참을 수 없었다.

"그렇게 힘든 줄 몰라서 미안해. 정말 미안해. 엄마가, 할 말
이 없어."

"왜 나한테 사과를 해? 그게 사과할 일이야? 엄마가 사과
할 일은 따로 있지 않아? 몸서리치면서 울었대. 숨이 쉬어지지
않았대. 털어놓지 않으면 죽을 거 같았대. 사람이 어떻게 사람을
그렇게 증오할 수가 있어?"

"증오? 제니야, 그거 증오 아니야. 그냥 좀 멀리한 거지, 증
오한 거 아니야. 그런 무서운 말 쓰지 마, 응?"

엄마가 고통스러운 얼굴로 고개를 저으며 말했다. 엄마는,
가해자는, 저러면 안 된다. 고통마저 빼앗아 가서는 안 된다. 고
통은 저렇게 손쉽게 가질 수 있는 게 아니다.

"그리고 그땐 엄마만 그런 게 아니고, 그러니까 그 시절
엔……."

내 고통을 비집고 그 아이들의 얼굴이 하나하나 떠올랐다.

서로 곁눈질하며 머뭇거리다가 하나둘 선을 넘어가더니 그제야 안도하던 얼굴들. 서로가 서로의 뒤에서, 서로가 서로를 앞세워서 누군가를 쉽게, 마음껏 미워하던 얼굴들. 그중에 열일곱 살의 엄마가 있었다.

"이사 오고 나서도 그 애들이 나를 안 잊고 미워할까 봐, 어디서 지켜볼까 봐, 계속 괴롭히려고 할까 봐 무서웠거든? 근데 엄마 보니까 아니야. 그 애들이 벌써 나를 잊었을까 봐, 자기들이 무슨 짓을 했는지 잊었을까 봐 무섭고 끔찍해. 나는 못 잊겠는데, 죽을 때까지 못 잊을 건데!"

다 토해 냈다고 생각한 울음이 또다시 목구멍이 아프도록 쏟아져 나왔다.

늦은 밤, 엄마와 내가 시차를 두고 집 안으로 몰고 들어간 냉기에 할머니와 이모가 잠깐 당황한 기색을 보이더니 이내 약속이라도 한 듯 각자 하던 일을 계속했다. 특히 이모는 내게 그 무엇도 묻지 않았을뿐더러 처음으로 내 곁에 있는 듯 없는 듯 굴었다.

불을 끄고 누웠지만 잠이 올 리 없었다. 침대 위에 누운 게 아니라 거대한 호수 위에 누운 것처럼 내 몸이 출렁였다. 눈을 떠도 눈을 감아도 멀미를 참을 수 없어서 거실로 나갔다. 서 있어도 출렁임은 멎을 줄 몰랐다. 반은 걸러 들어야 마땅한 이모의 말이었지만, 아무도 모르게 호수 바닥에 묻혔다가 물에 녹아서라도 땅으로 스며들어 기필코 세상 밖으로 솟구쳐 오르고자 했던 원혼들이 이 집을 흔들어 대는 것만 같았다. 그런데도 누구 하나 나와 보지 않았다. 아무도 맡지 못한 악취를 나 혼자 맡았듯이 나만이 이 출렁이는 집 한가운데에 서 있었다.

소파에 기대앉아 있다가 동이 터 오는 것을 보고는 태블릿과 과자 한 봉지를 챙겨서 현관을 나섰다. 간밤에 보지 못한 벽돌 담장이 우뚝 서 있었다. 담장 하나가 바뀌었을 뿐인데도 이 집 전체가, 이 집에 사는 사람들이 낯설게 느껴졌다.

며칠 사이에 세 번째로 들어서는 지하실이었다. 등교 시간에 맞춰 온라인 수업에 접속하려고 의자에 앉아 기다리는데 그제야 심한 피로감과 함께 졸음이 몰려왔다. 알람을 맞춰 두고 쪼그려 앉은 채로 한 시간쯤 졸다 깨기를 거듭한 끝에 수업에 접속했다. 혹시 지오도 접속해 있나 찾아봤지만 학교에서 대면 수업 중인 모양이었다. 1교시 내내 멍한 상태로 수업을 들은 뒤 쉬는 시간이 되자 쪽지 알림이 떴다. 지오였다.

— 제니야, 안녕. 나 지오야. 너 오늘 온라인이지? 줄 게 있는데 내일은 내가 학교 못 올 거 같아. 책상 서랍에 넣어 놓을까? 아님 너희 집 우편함에 넣고 갈까? 별건 아니야. 실망할지도 몰라.

가슴이 작게 뛰었다. 뭔가를 준다는 말 때문이 아니었다. 아무렇지도 않게 내 이름을 부르고, 용건을 전하고, 내 생각을 묻는 짧은 문장들. 날 서지 않은 말. 나를 때리지 않는 말. 대체 무슨 뜻일까 해서, 어떻게 반응해야 할지 몰라서 곱씹지 않아도 되는 말. 단어 하나하나가 그저 제 뜻 그대로 늘어서 있는 말. 오랫동안 듣지 못했던 아무렇지도 않은 말을 읽고 또 읽었다. 천천히, 또 빠르게.

— 혹시 지하실로 올 수 있어?

이미 내 손끝을 떠나 지오에게 닿았을 그 문장을 거둘 생각은 없었다. 아무것도 아닌 몇 마디 짧은 문장에서, 무언가를 준다는 말에서 내가 이미 무언가를 받았다면 나 또한 아무렇지도 않게 줄 수 있는 것이 있었다.

— 정말 가도 돼?

물론이었다. 이 공간에 아무도 들이고 싶지 않았지만 지오만은 예외였다. 지오와 가까워지고 싶은 마음이 아니었다. 지오와 같이하고 싶은 무언가도 딱히 없었다. 그냥, 지오는 여기에 와도 되는 사람이었다. 와서 무엇을 하든. 지오는 초대받아 마땅했다. 애초에 이곳은 지오가 내게 준 공간이었고 그래서 지금 내가 여기 있었다. 간밤처럼 목 놓아 울 수 있었다. 지오에게서 이곳을 빼앗지 않고도 내가 가질 수 있는 방법이 있다면 그걸

택하면 된다.

대문 앞에서 기다리다가 지오를 데리고 들어서는 나를 아마 엄마는 거실 창문으로 내다봤을 것이다. 집에 아무도 없다고 일러두기도 했지만 지오도 굳이 집 쪽으로 눈길을 돌리지 않고 자연스럽게 뒷마당을 향해 발걸음했다.

지하실에 들어서자마자 지오가 편지 봉투를 내밀었다. 두 번 접은 봉투 안에 오톨도톨한 것이 잔뜩 들어 있었다. 봉투를 펴는 동안 안에서 사그락사그락 하는 작은 소리가 들려왔다. 봉투 입구를 벌려 보니 예상대로 작은 알갱이들이 들어 있었다. 갈색과 호박색을 띤 갸름한 알갱이들이었다.

"씨야?"

"어, 장미 씨. 덩굴장미 씨."

고개를 들고 지오를 한참 바라보았다. 씨. 장미 씨. 덩굴장미 씨앗.

"장미도 씨가 있는 줄 몰랐어."

어쩌면 너무 당연한데도 장미 씨앗이라는 말은 처음 들었다.

"나도 몰랐어."

지오가 여기로 이사 온 그해 여름에 무성하던 덩굴장미가 무슨 까닭인지 이듬해부터 꽃이 덜 피고 시들했다고 했다. 마당의 다른 화초들처럼. 지난번에도 말했듯이 남의 소중한 화초를

죽일까 봐 전전긍긍하던 지오네 식구가 그해 가을부터 덩굴장미가 완전히 말라 죽은 재작년까지 해마다 장미 씨앗을 받았다고 했다. 장미꽃이 진 뒤 동그랗게 남은 열매를 하나도 남기지 않고 모두 따서 속을 가르고 씨앗을 받았다고 했다.

"가을마다 씨 받아서 그다음 해 봄마다 몇 개씩 심었는데도 싹이 잘 안 나더라. 그나마 한두 개 난 것도 다 죽고. 원래 장미가 씨앗부터 기르기 어려운 식물이래. 그래서 삽목도 해 봤는데, 아, 줄기 꺾어다 심는 거. 근데 그것도 잘 안 됐어."

지오는 자잘한 이삿짐 정리가 늦게 끝나는 바람에 씨앗 봉투를 이제야 발견했다면서 씨앗의 제자리는 여기가 맞는 것 같다고 했다. 바로 그 순간이었다. 호수를 딛고 서 있는 것처럼 여전히 느껴지던 출렁임이, 지난밤부터 나를 따라다니던 멀미가 가만히 가라앉았다.

앞마당으로 나오자 지오가 덩굴장미가 있던 담장 아래를 가리키며 말했다.

"장미 씨는 봄에 심으면 땅속에서 사계절을 지내고 그다음 해 봄에 발아한대. 올봄에도 몇 개 심었는데 모르겠어, 내년 봄에 싹이 날지."

지오는 이 집에서 보내는 마지막 봄까지 장미 씨앗을 심었다. 그 싹을 보지 못할 것을 알면서도. 지오가 내게 준 것은 해마다 부지런히 거두어 봉투에 모아 온 씨앗뿐이 아니었다. 자신을 대신해 내년 봄까지 그 싹을 기다릴 일도 함께 넘겨주었다.

거실 창 안에서 바깥을 내다보는 기척이 느껴졌다. 잠시 망설이다가 돌아보자 흔들리는 커튼 자락 뒤로 엄마의 뒷모습이 급히 사라졌다. 봉투를 가만히 쥐자 씨앗들이 바스락 소리를 냈다. 내년 봄이 오면 씨앗 몇 개를 골라 담장 아래에 적당한 간격으로 심을 것이다. 그리고 느긋이 기다릴 것이다. 그 봄에 단 하나라도 싹이 올라온다면 그건 내가 심은 씨앗이 아니라 지오가 올봄에 심어 둔 씨앗이 틔운 것일 테다. 그런 파종과 기다림을 거듭하다 보면 언젠가 저 담장에 덩굴장미가 또다시 흐드러질지도 모를 일이다. 언제가 되더라도, 아주 먼 훗날이더라도, 그 앞에서 또다시 사진 한 장쯤은 찍고 싶을지도 모를 일이다. 그때쯤엔 지금의 아픔도 사라져 있을까? 그럴 수 있다면 좋겠다. 꾹꾹 눌러 심은 아픔이 다른 무엇인가로 피어 있다면 좋겠다.

담장 앞에 쪼그려 앉은 지오가 무릎에 두 손을 올리고 턱을 괸 채 물끄러미 아래를 내려다보고 있었다. 아무것도 없는 흙바닥을 왜 보는 걸까 생각하던 나는 그 순간, 지난 몇 년 동안 묵묵히 해 온 일만으로도 지오는 이미 무엇인가를 피워 냈다는 것을 깨달았다. 내게는 아무 일도 없어 보이는 저곳을 지오는 오랫동안 지켜 온 것이었다. 나 또한 다친 내 마음이 작아지고 없어지

기를, 다른 무엇으로 피어나 있기를 바라는 대신에 오래 들여다
보며 보듬어야 할지도 몰랐다. 도망쳐 왔다고 생각한 이곳에서
나는 어쩌면 조금 더 단단한 사람이 될 수 있을 것 같았다.

갑자기 코끝에 어떤 희미한 냄새가 감돌았다. 눈을 감고 깊
은숨을 들이쉬었다. 사진 속의 어린 내가 흐드러진 덩굴장미 앞
에서 맡았을지도 모를 그 냄새가 내 안에 가만히 차올랐다.

모른 척하지 않고, 외면하지 않으며
세상 속으로 걸어갈 때

이자연(작가, 에디터)

내 인생의 국경일

내가 열세 살 되던 해에 부모님은 이혼을 결정했다. 아직 어른의 규칙을 이해하지 못한 초등학생이 할 수 있는 일이라곤 부모의 널뛰는 기분을 살피면서 서투르게 대응하는 것뿐이었다.

그 시기를 지나는 동안 나는 많이 자랐다. 가족 해체라는 특정한 성장통을 겪었다기보다 그냥, 눈치를 많이 봤다. 어린이가 곁눈질로도 어른이 될 수 있다는 걸 그때 깨달았다. 이혼의 또 다른 말은 이사였다. 나는 엄마를 따라 7여 년 살아온 동네를 떠나야 했다. 마치 아빠가 사는 집을 기준으로 동심원이 퍼져 나가듯, 그 파장을 피해 우리는 조금 더 지역의 외곽으로 향해 갔다. 그렇게 새로이 살 집을 찾았을 땐, 가파른 언덕 위로 다른 건물과 다닥다닥 붙어 있는 빌라 한 채가 우릴 기다리고 있었다.

많은 것이 달랐다. 그 전에 살던 D동은 지역에서 교육열이 높기로 소문난 곳으로 온 거리가 말끔하고 초·중·고등학교와 학원가 그리고 네모반듯한 아파트로 가득했다. 저녁이면 공원에서 아이와 어른, 노인이 한데 뒤섞여 산책을 즐겼고, 정기적으로 장터가 열리면 들뜬 얼굴의 사람들이 과일 바구니를 품고 집으로 돌아갔다. 그렇기에 붕괴 직전인 우리 가족이 이 동네의 이질적인 존재로 자주 느껴졌지만, 동시에 내가 바라는 삶이 실존하는 곳이기도 했다.

반면 이사 온 M동은 길 위로 쓰레기 봉지 더미가 종종 보였고 밤이면 술 취한 사람의 고성이 난무했다. 낡은 빌라촌의 허름함은 어린 나에게 실제보다 더 공포스럽게 다가왔다. 가끔은 건너편 어느 집에 사는 사람이 자살했다는 소문과 흉흉한 범죄 소식도 들려왔다. 쪼개진 우리 가족은 집 안팎으로 많은 변화에 적응해야 했다.

이전 학교를 그대로 다녀야 한다는 엄마의 결정에 차로 30분 거리를 통학했다. 이게 얼마나 서글픈 이야기냐면, 엄마는 동네가 사납다는 이유로 대중교통을 이용하지 못하게 했기에 나는 자연스레 엄마의 동선이 허용할 때만 이동할 수 있었다. 친구도 이웃 어른도 없는 이곳에서 나는 그야말로 '갇혀' 지냈다.

이 생활이 반복되던 중학교 2학년 즈음 내가 그토록 바라던 꿈은 고작 '친구와 갑자기 만나 아이스크림 사 먹고 헤어지는', 별것 아닌 것이었다. 이 꿈을 이루기 위해선 몇 가지 전제가 성립돼야 했다. (1)친구와 가까운 곳에 살 것, (2)아이스크림을 사 들고 잠시 앉을 만한 공공 공간이 있을 것, (3)저녁 어스름이 찾아와 각자 헤어질 무렵에도 동네가 안전할 것.

하지만 어딜 떠돌아다닐 용기조차 없어 그저 방 안에서 '버디버디'로 온라인상 친구와 이야기를 나누는 것이 나의 현실이었다. 묘한 기분이 들었다. 어느 누구와도 관계 맺지 않은 이곳에서 나는 이상하게도 따돌림 받는 기분이 들었다.

하루는 갑작스레 언니가 우리 집에 오게 됐다. 아빠와 함께 지내던 언니의 비행이 날로 심해지자 엄마가 결단을 내린 것이다. 성인이 되면 아빠에게 돌아가게 해 줄 테니, 그때까지는 자신과 함께 있어야 한다고. 그러고선 엄마는 언니를 집에서 도보 2분 거리에 있는 한 정보고등학교에 입학시켰다. 아무래도 언니까지 이 낯선 동네에 갇힌 듯했다.

우리의 일상은 퍽 단조로웠다. 오로지 학교와 집만을 오가

며 엄마가 굳건히 만들어 둔 통제권에 정착하기 위해 고군분투
했다. 나는 진실로 이 동네가, 이 집이, 이 제한된 생활 반경이 지
긋지긋했다.

그러던 어느 여름날, 장마로 장대비가 쏟아졌다. 창밖으로
거세게 내리는 빗소리만 들렸다. 이따금 천둥 번개가 번쩍이기
도 했다. 나와 언니는 침대 위에서 서로 몸을 베고 누워 침묵 속
에 만화책을 보고 있었다. 그때 언니가 외쳤다.

"야, 비 맞을래?"

정말이지 충동적이었다. 우리는 옥상 위로 달려가 빗속으
로 몸을 내던졌다. 언니는 들고 온 우산을 거꾸로 뒤집어 그 안
에 빗물을 받아 내게 던졌다. 나는 언니를 빗물이 잔뜩 고인 웅
덩이로 밀쳤고 언니는 내 팔을 잡아 두 바퀴 몸을 돌려 내던지
기도 했다. 바닥이 초록색 페인트로 코팅된 옥상이 여느 동네의
조촐한 워터파크 못지않게 바뀌었다. 우리는 그 바닥 위로 넘어
져라 휩쓸려라, 뒹굴고 구르며 정신없이 놀았다.

자유로웠다. 나와 언니는 더 이상 이곳에 갇혀 있는 사람이
아니었다. 실체 없이 떠도는 소문에 두려움으로 짓눌리지도 않
았다. 온전히 우리가 원하는 방식으로, 우리가 원하는 곳에서,
단정함과 정숙함이라는 이 집의 금기를 깼다. 우리는 완전히 해
방되었다.

스스로 생의 지평을 넓혀 가는 아이들

『우리의 비밀은 그곳에』는 2000년의 열여섯 살 '해진', 2018년의 열여섯 살 '하연', 2039년의 열일곱 살 '제니'를 중심으로 개발이 이루어지지 않아 시대가 변해도 낡은 모습 그대로 유지하고 있는, 독특한 어느 마을이 상황에 따라 아이들에게 어떤 공간으로 변모하는지 그 확장 과정을 보여 준다.

해진에게 이 집은 도피처이자 의심의 공간이다. 자신을 괴롭힌 같은 반 아이들과 그들로부터 따돌림 당한 사실을 알고서도 위로는커녕 공부에 매진하라고 부추기는 부모로부터 겨우 도망쳐 왔지만, 어쩐지 집주인인 삼촌이 의심스럽다. 어느 늦은 밤, 해진은 맞은편 집에 들어가지 말라는 삼촌의 금기를 깨고 그 안에서 비밀스러운 쪽지를 발견한다. 삼촌의 아들로 추정되는 이가 쓴 것이다.

쪽지에 따르면 그는 아버지에 의해 음습한 굴속에 갇혀 버렸고, 어디로도 탈출할 수 없다고 했다. 낡고 캄캄한 공간에 스며드는 공포심은 어느 새 공감과 동질감으로 변해 버리고 해진은 그 아이의 마음을 이해하게 된다. 아무도 자신을 도와주러 오지 않을 거란 걸 알면서, 갇힌 공간에서 편지를 쓰며 홀로 분투했을 아이를 상상하니 해진은 그로부터 자기 자신을 본다.

2018년의 하연에게는 이 집에 숨겨진 지하 공간이 미지의 세계처럼 느껴진다. 분명 자기만 아는 줄 알고 남몰래 숨겨 놓은 '히든카드'가 있는 양 굴었는데, 글쎄, 마을 사람들은 물론, 평소 질투와 선망의 대상이던 친구 은지마저도 이곳의 존재를 알고 있는 듯하다. 아니, 오히려 은지는 알면서도 모른 체했다.

그 '모른 체'라는 게 어떤 소중한 것을 지켜 내려는 성숙한 태도에서 비롯했음을 깨달으면서 하연은 이상한 기분에 빠졌다. 이젠 은지보다 그곳을 더 잘 안다고 할 수 없지만, 또 그곳이 나의 잠재된 무기일 수는 없겠지만, 지하 공간은 더 이상 외로운 공간이 아니다. 그 공간의 의미를 알고 소중히 여기는 또 다른 동료가 생겼기 때문이다.

2039년의 제니는 부모님의 이혼 후, 할머니 집으로 이사를 왔다. 이전 학교에서 제니가 따돌림 당한 사실을 모르는 엄마는 제니 마음에 어떤 혼란이 잠재돼 있는지 모른다. 그런 제니에게 지오의 등장은 당혹스럽기 짝이 없다.

이전에 이 집에 살았다며 지하실에 두고 온 물건을 찾기 위해 공간을 헤쳐 나가는 익숙한 태도에서 제니는 알게 모르게 마음이 차분해진다. 그 뒤로 어른들 사이에서 홀로 울적해질 때마다 지하실을 찾는 제니는, 아마도 지오에게도 자신과 같은 혼자만의 슬픔이 있었나 보다고 생각하며 낯설고 캄캄한 곳에 안락

한 자리를 잡는다.

소설 속에 등장하는 세 아이에게 집이며 동네 분위기는 썩 긍정적인 이미지로 다가가지는 못한다. 어둡고 음습한 분위기와 낯선 공간 구조는 일종의 촉매제가 되어 아이들이 주변으로부터 소외되었던 지난날을 떠올리게 만든다. 그러다 어느 순간 해진, 하연, 제니가 누군가와 새로운 관계를 맺게 될 때, 마치 어둠 속에 조명등이 켜지듯 공간은 안락함을 되찾는다. 다시 말해 세 인물은 타인과의 연결 고리를 잇는 방식으로 문제를 해결해 나간다.

여기서 의문이 든다. 모든 관계가 긍정적인 힘을 가진 것은 아니지만, 그럼에도 갑작스레 등장한 새로운 관계가 어떻게 세 인물에게 안정감을 줄 수 있었을까? 게다가 이들에겐 이미 가족이라는, 날 때부터 맺어진 밀접한 관계도 있다. 왜 기존에 형성된 연결 고리는 문제 해결의 힘을 발휘할 수 없었을까? 이들에게 새로운 관계 맺음은 어떤 의미를 가진 걸까?

이 물음의 정답을 찾기 위해서는 세 인물의 공통점을 먼저 들여다봐야 한다. 해진, 하연, 제니는 자신의 슬픔을 잠시 유예시킬지언정 타인의 문제를 외면하지 않는, 다정한 힘을 지녔다. 아버지로부터 학대받는 삼촌의 아들, 동네 사람들의 폭력을 견디지 못한 아랑과 아랑의 언니, 정착지를 찾기 위해 목숨 걸고 도피 중인 피난민, 과거의 기억을 간직한 외로운 노인, 혼자 울 일이 많았다는 반 친구. 결핍을 내비치는 이들의 이야기에 귀 기울인 덕에 세 인물은 남들이 보지 못한 것을 보고, 알려고 하지 않는 것을 알게 된다.

이것은 소설 속에서 '앎'과 '알지 못함'의 차이가 중요한 기능을 하는 이유기도 하다. 해진이 일면식도 없는 누군가의 마음을 헤아리기 시작한 건 다름 아닌 '내 고통을 모른 척하지 마세요.'라는 메시지를 보고 난 뒤였다. 문장 앞에 생략된 '(알고도) 모른 척 하지 말라'는 행간을 해진은 경험적으로 이해하고 있었다. 진실을 감추려는 삼촌과 그것을 알아내려는 해진이 대척 관계를 이루며 결국 외면하는 어른과 외면하지 않는 아이들로 확장되고 만다.

하연은 타인을 공감하며 깨달은 진실을 자기 위안으로 이용하라는 사회 선생님과 대비를 이루고, 제니는 오래전 일을 망각한 엄마와 달리 그것을 정면으로 바라본다. 세 아이는 집이 감춘 진실과 생경한 공간 앞에서 두려움을 느끼지만, 느리더라도 더듬거리며 결국 앞으로 나아간다. 가족으로부터 얻기 힘든 위로를 자신이 선택한 외집단에서 채워 나갈 때, 아이들은 비로소 자신의 지평을 넓혀 유일한 개체로 독립할 수 있다.

비를 맞으며 자유를 누린 나는 다시 집에 돌아와 깨끗이 씻고 얌전하게 공부를 했다. 아마 해진도 아빠를 따라 불편한 집으로 돌아갔을 테고, 하연도 은지와 일상 복구에 힘썼을 것이다. 제니라고 다를까. 제니도 슬픔이 밀려올 때마다 여전히 지하실을 찾아갈 게 선하다. 자유와 해방이라는 커다란 단어 앞에서 전과 같은 일상을 보내는 게 마뜩잖을 수도 있겠다.

하지만 정말 전과 같을까? 아이들은 자신의 불편함이 옳았다는 확신으로, 자기만의 증거를 발견해 내는 실행력으로, 타인의 마음을 외면하지 않는 용기로 이전과 다른 '나'가 되었다. 나를 등진 줄 알았던 공간을 나만의 비밀 기지로 만들어 나가며, 아이들은 마침내 성장한다.

범유진

　중학교 때 가끔씩 친구와 차도 옆에 난 좁은 길을 따라 걸었습니다. 두 시간쯤 걸으면 작고 축축해 보이는 터널이 나왔지요. 한마디 말도 없이 걷기만 하던 나와 친구는, 그 앞에 멈춰서야 서로를 향해 작게 속삭였습니다. 건너갈래? 그러나 그 터널을 건넌 적은 한 번도 없습니다. 나와 친구는 잠시 터널 안을 바라보며 서 있다가, 왔던 길을 되돌아갔지요. 나도 친구도 말한 적은 없지만 은연중에 알고 있었습니다. 건너갈래, 라는 그 말이 터널을 통과하자는 의미만 담고 있지 않다는 것을. 그곳에 가는 때는 대부분 나나 친구, 어느 한쪽의 마음이 길게 긁힌 날이었습니다. 그 긁힌 상처가 아파 누구든 제발 도와달라고 외쳤지만, 아무도 우리의 상처를 보지 못했죠. 보지 못한 척을 했습니다. 나와 친구는 무척 달랐기에 학교에서 툭하면, 너희 둘이 왜 친하냐는 말을 들었어요. 우리는 그때마다 그냥 웃었습니다. 나와 친구는 서로가 서로의 비밀 기지라는 걸, 누구에게 어떻게 설명할 수 있었을까요.

10대의 비밀이 반짝반짝 빛나는 예쁘고 사랑스럽기만 한 것이면 얼마나 좋을까요. 그러나 그렇지 않습니다. 그럴 수가 없습니다. 그럴 수 없게 만드는 일이, 너무 많이 일어납니다. 폭력은 어디에서든 일어난다는 사실을, 어른들은 이상하리만치 인정하지 않습니다. 아동 학대 가해자의 가장 큰 비율을 차지하는 것이 친부모라는 통계를 보면서도, 그것은 어디까지나 '예외적인' 존재라 여기죠. 양부모도 아닌 친부모가 자식에게 그럴 리는 없다고. 그들은 어딘가 이상한 거라고. 그 결과 자신이 아이에게 저지르는 폭력도 인지하지 못합니다.

'아랑'의 이름은 밀양 아리랑 전설의 '아랑'에서 따왔습니다. 보통 '아랑 사또전'으로 잘 알려져 있는 이 이야기에서 아랑의 귀신이 계속 나타나는 이유는 오직 말하기 위해서입니다. 자신이 당한 일을 고발하기 위해. 아이들이 괜찮지 않은 것을 괜찮지 않다고 말할 수 있는 세상이 되면 좋겠습니다.

처음부터 마지막까지 즐거운 앤솔로지 작업이었습니다. 함께한 두 분 선생님과 이혜재 편집자님께 감사할 뿐입니다. 읽어주신 분들에게 애정을 전하며, 다음에 다시 만나기를 바라봅니다.

최유안

이 소설의 배경이 된 시간 즈음에, 저는 하루 일과를 마치고 집에 돌아오면 그런 생각을 했었습니다. '나만의 비밀 공간이 있었으면 좋겠다. 그곳에서 하고 싶은 것을 마음껏 하고 다시 세상으로 돌아왔으면 좋겠다.' 이 소설을 만들어 내려 그 시간들을 더듬다가, 우리는 어쩌면 모두 위로받을 공간을 필요로 하는지도 모르겠다는 생각을 하게 되었습니다. 그 마음이 땅 아래 우리 모두를 위한 비밀 기지를 만들게 된 계기였습니다.

비밀의 공간에서 쌓아 올린 하연의 내밀한 마음을 가장 잘 읽어 주고 하연에게 응원과 격려를 보내는 친구는, 아프리카 대륙에 사는 에피아입니다. 에피아가 하연이 평생 만날 수 없을지도 모르는 지구 반대편에 살고 있다는 소설적 상황은, 어쩌면 세상이라는 게 우리가 지금 여기 발붙이고 사는 공간을 뛰어넘어 존재한다는 것, 나와 관계없는 것처럼 느껴지는 지구 반대편의 사람들이 어쩌면 우리와 보이지 않는 끈으로 단단히 묶여 있다는 것을 생각해 보게 합니다.

이 책 역시 그런 보이지 않는 단단한 인연으로 만들어졌습니다. 책을 기획하고 만든 세 작가와 편집자 모두, 정성으로 시간을 쏟아 냈습니다. 서로를 전혀 모르던 사람들이 모여, 지금까지 살아왔던 자신의 세상을 공유하고, 보이지 않는 끈으로 서로를 이어 토닥이고 응원해 주며, 그렇게 차곡차곡 새로운 색의 우정을 쌓아 올려, 마침내 이 이야기들을 여러분의 손에 닿게 할 수 있었습니다. 우리가 믿어 올린 것들을 더 멀리 나눌 수 있게 되었습니다.

이 이야기는 주인공 하연을 통해 우리 스스로 생각하는 법을 돌아보는 이야기입니다. 대한민국에서 태어나고 자란 이야기 속 주인공 하연은 자신이 배워 익힌 그대로 에피아의 상황을 재단하려 하지만, 에피아는 하연의 짐작과는 전혀 다른 생각을 하며 삶을 살고 있습니다. 여러분과 함께 하연을 따라가며 어쩌면 우리가 세상과 사람에 대해 오해하는 것이 많을 수도 있다는 생각을 나누고 싶었습니다. 저 역시 여러분과 함께, 내가 알고 있는 것보다 많은 생각과 감각 들이 세상에 있고, 내가 알고 있는 것보다 세상이 더 넓고, 무엇보다 그렇다고 해서 세상을 무서워할 필요는 없다는 것을 느끼기를 바랐습니다.

그러니 이 글은 하연과 에피아의 우정과 그 너머, 저와 여러분에게 용기와 격려를 주는 글이었으면 좋겠습니다. 우리 모두 각자의 비밀 기지에서, 더 넓은 세상과 자주 마주하며, 용기 있게 세상 앞으로 나아가면 좋겠습니다. 그 좁고도 넓은 비밀의 공간에서 여러분과 기쁘게 다시 만날 수 있기를 바랍니다.

길상효

함께 쓰는 소설이라니, 공동 작업 제안을 받고 깜짝 놀랐습니다. 마침 장미셸 바스키아의 전시에서 그와 앤디 워홀의 협업 작품을 본 뒤로 소설 창작에서도 그런 협업이 가능하지 않을까 생각하던 차였거든요. 작품으로만 뵌 두 작가님 그리고 이 모든 것을 계획하신 편집자님과의 첫 만남에서 주제와 공간적 배경의 설정 그리고 시간적 배경의 분담이 일사천리로 이루어졌습니다. 그 뒤로 큰 틀과 흐름을 수없이 조정하고 서로의 이야기를 거울삼아 자신의 이야기를 다듬는 긴 수고는 커다란 질문이 되어 저를 멀리 데려가 주었습니다.

이야기가 막힐 때마다 처음으로 돌아가 파도의 시작을 타고 막힌 곳까지 밀려 와 보곤 하는 저는 제니의 이야기에서 갈피를 잡지 못할 때면 모든 것의 시작인 해진을 찾아가 더 큰 파도를 타고 하연을 거쳐 제니에게 돌아오곤 했습니다. 자신의 아픔을 넘어 사촌과 아랑의 아픔까지 마주해야 했던 해진에 이어 에피아의 아픔을 멀리서 안타까워하다가 자신의 곁에도 오래도록 위로받지 못한 아픔이 있다는 것을 알고 손 내밀던 하연이 일으킨 파도가 제니를 떠밀어 어디론가 나아가게 했습니다.

제니가 닿은 곳이 더 나은 곳인지는 모르겠어요. 아픔이 없는 곳일 수 없겠다는 생각뿐 아니라 환경적으로도 지금보다 낫기는 어렵겠다는 생각에 마음이 무거웠습니다. 이야기를 짓는 사람으로서 제가 할 수 있는 최선은 더 늦기 전에 제니에게 희망을 쥐여 주면서 더 나은 곳으로 나아가기를 바라는 것이었습니다. 이제는 그저 상징일 수만은 없게 된 작고 단단한 생물학적 씨앗을 믿으면서요.

작품명 『그래서 우리는 사랑을 하지』의 사용을 허락해 주신 돌베개 출판사에 감사드립니다. 혹여 작품에 누가 되지 않을까 조바심 내며 퇴고했지만 여전히 조심스럽습니다. 그럼에도 가상이 아닌 현실의 작품을 가져다 쓴 것은 실존에 기대어 미래에 닿기 위해서였습니다. 2021년의 『그래서 우리는 사랑을 하지』가 2039년에 가닿았듯이, 2022년의 이 책이 독자 여러분과 함께 지금, 여기로부터 한 걸음 더 나아갈 수 있다면 좋겠습니다.

우리의 비밀은 그곳에

1판 1쇄 발행 2022년 8월 22일
1판 2쇄 발행 2023년 3월 27일

지은이   범유진·최유안·길상효

편집   이혜재
디자인   MALLYBOOK 최윤선, 정효진, 이예령
제작   세걸음

펴낸이   이혜재
펴낸곳   책폴
출판등록 제2021-000034호(2021년 3월 15일)
전화   031-947-9390
팩스   0303-3447-9390
전자우편 jumping_books@naver.com

© 범유진·최유안·길상효, 2022

ISBN 979-11-976267-5-3 (43810)

너와 나, 작고 큰 꿈을 안고 책으로 폴짝 빠져드는 순간
책폴

블로그 blog.naver.com/jumping_books
인스타그램 @jumping_books

책폴